苍耳：消失或重现

杜怀超　著

·北京·
中国人民大学出版社

水烛

打碗碗花

鸭舌草

蛇莓

水芹

水绵

红蓼

萍

草漫漶

对于野草的思考与写作，源于农具的暂告一段落。农具、野草等这些贴着大地胸膛的事物，冥冥之中我总感到还有许多真相没有道出。农具的诉说只是一种隔靴搔痒式的表述，没有真正地切入大地的疼痛与撕裂，或者说没有真正读懂这些事物背后的真相。我愿意继续探索大地上这逆来顺受的劳作者。但角度的选择或切入口，一度成为我创作的梗阻。偶然，我在书店农作物专柜上看到一本关于刈割杂草的小书，眼前一亮，我找到了野草与他们之间的对应关系。想读懂这世代以土地为命的劳作者，要从杂草出发。这一“杂”字，千钧重量，又如锋利的刀刃，充满疼痛感。她的命名源于生活价值的判断，实则是功利主义作祟。当我翻开此书，读到“益母草”“车前草”“灯笼草”“苍耳”“白茅”“艾草”，书中赫然标注可用药除之、利器割之、野火烧之等等，浑身一颤。我似乎应该为杂草说些什么。

回溯人类的文明史，分明就是人类与野草的博弈史。野草自始至终，伴随着人类向前。从原始混沌到当下科技信息时代，野草始终介入我们的生存、生活和生命。从历史上说，现在我们田野里生长的麦子、稻子等所谓庄稼，最初来源于杂草。庄稼的本来面目应该是改良后的野草。（否则她的宿命就是当下的杂草。）我们可以想象，人类诞生于世间，应当后于杂草们，这些杂草的先期抵达，可以说是为人类建造大地的温床，建造存活于世的温床。历史证明了这一点，我们在史料记载中看到，人类不仅因为这些杂草获得繁衍生息的美丽家园，而且依靠这些杂草，暖身果腹，走过洪荒，世代延续。远的不说，就拿眼前的杂草，如慈姑、灰灰菜、水芹等，人类至今不是还在餐桌上食用？“人类对慈姑的食用由来已久。南北朝陶弘景便有‘其根黄，似芋子而小，煮之可啖’的记载，宋代苏颂在《本草图经》中也称，慈姑‘煮熟味甘甜，时人以作果子’。慈姑长在浅水中，富含淀粉，营养丰富，耐贮存，是灾荒之地很好的救荒补缺物。”（《慈姑：水天堂里的救赎者》）我的旷野里，对于杂草的理解，我始终认为她们是民间的，属于乡村的自然精灵。土，是杂草的宿命。杂草深谙其中学问，有泥土的地方，就有她们绿色的身影。长在阡陌上、河岸边、屋檐下，一切你想不到的地方，杂草们都将抵达；而且你根本无法想象，这些杂草是何时落生何时抽枝整叶的。总而言之，她们在黑暗中潜滋暗长着。我们不要小瞧她们，一旦遇上灾荒或者饥馑岁月，这些杂草登上大雅之堂，成为人们口中的野菜食粮，那时候人类的头颅很低，低到杂草的高度，低到与猪马牛羊一样的高度，吃杂草活命。从这种意义上说，人类与杂草有过关系，甚至有种契约的精神，杂草就是为了人类的到来出现的，并且这种出现以无限的方式遍布，时刻守候着，年复一年，生生死死，荣荣枯枯。

杂草的世界确实让人费解。她以静默的方式在世间永恒地存在。只要给她一点土壤，她总会在合适的时机给你碧绿。你鄙视她蹂躏她糟蹋她，你甚至用锋利的农具，一刀斩草除根。可当你幸灾乐祸不久，杂草再次钻出泥土。泥土在，她的使命就在。人类奈她何？我在写作杂草的过程中，不断发现人类与杂草的玄秘与匪夷所思。史书记载，李时珍的《本草纲目》可谓中国医药的百科全书，记载着这些杂草的药方、药性等。这已经在呈现杂草与人类肉身的关系。随着写作杂草的学习研究，我发现世间众多的杂草，在药性上，各有千秋，各有个性，治疗神经的、创伤的、心血管的、皮肤的、肝脏的等等，每一种杂草似乎都与人类的肉身对应。也就是说，人类的每一种疾病都可以在杂草的身上找到治疗的药方。这个发现让我对世界充满神秘的未知感。当人类来到世间，生死不知；可是我们的杂草早已抵达泥土，早就备好生命所需的食粮、住处和治疗肉身的各种草药。而且，杂草的各种药性，居然在暗中与人类自身是高度吻合的。现在回想起来，天地人草等，完全可以看作一个结合紧密的生态系统，人的肉身早就在杂草的重重包围之中。杂草，是我们人类在黑暗中旅行的守望者，生命的守护神。比如益母草，“原来，益母草是一味医治妇科病的草药，有活血、调经等功效”（《益母草：旷野里的脐血之亲》）。再如苍耳，“《本草纲目》上写道：‘呆耳，【释名】

亦名胡、常思、苍耳、卷耳、爵耳、猪耳、耳、地葵、羊负来、道人头、进贤菜、喝起草、野茄、缣丝草。【气味】(实)甘、温、有小毒。(茎、叶)苦、辛、微寒、有小毒。【主治】久疟不愈……眼目昏暗……’直到彼时，人类才明白苍耳居然是一味上好的中药，生得艰辛，长得丑陋，挥舞着尖锐的武器，远远地躲开人类的追逐，待秋天又追着行人死缠烂打，原来是在传达内心的秘密！”(《苍耳：消失或重现》)

人类与草的关系，古人早有清醒的认知。我们从熟知的《诗经》和《楚辞》中可以发现。关于植物的记载，应该说贯穿《诗经》整个内容，花草树木，是《诗经》的原色。也就是说，古人在人与自然的关系上，早已看破，天人合一。没有人可以离开自然诗意地生活，没有人可以凌驾于万物之上。学会平等相处，尊重万物，我们才将获得生活之道。“扈江离与辟芷兮，纫秋兰以为佩。”《楚辞》里，诗人居然把肉身寄托在这些芳香四溢、品节高远的植物身上，吃野草，披绿叶，穿行在山川绿林中，与山水拥抱一体，化身自然，与河流、星辰、草木一起朝夕日月。

新疆诗人沈苇在《植物记》中写道：每一种植物都是一盏灯。诗人的说法，其实是个巨大的隐喻。植物在人类面前，确实有着她的光芒。从我们人类对植物的关注过程来看，洪荒时代或者人类诞生之初到当下，植物始终在静默中恪守自身的价值。人类从当初从植物身上活命、延续，到灾荒之年苟延残喘，以至当下对植物背叛与冷漠。我经历过把野草当作粮食的历史时期，当年人们对野草的寻觅，不亚于对粮食的执着。在粮食匮乏的年代，野草已成为最后的口粮。没有人在场说出刺耳的那个“杂”字，对野草的迫害或者无意的伤害，对于人们来说都是应遭到天打五雷轰的咒语。能够活命的植物，人们都给予她们莫大的敬畏与崇敬。对于那些不能填饱肚子但是可以庇佑生活的植物，人们同样赋予她们新的高度。如白茅、水烛、芦苇等等，这些植物在火的光芒里，带给人类温暖和憧憬。白茅的燃烧劲道足，芦苇的生命力旺盛，其秆可以编制农作用具。极具神性和巫性的是艾草，她可以作为艾灸用的一味药材，插入农家的门楣旁，则上升为辟邪驱鬼的灵符。这一传统文化延续至今。对于国人的崇拜与敬畏，我是有异议的。国人的崇拜似乎出自功利主义，只有当需要的时刻才开始寻找神灵，贿赂神灵。对待艾草亦是如此。艾草活得荣耀的时刻，就是端午期间，她从地面跃上神龛的位置，在看不见精神颗粒的空间里，捍卫和守护着人间的圣灵。实际上，她连自己都守护不了。转瞬即逝。一个华丽的转身，人们早已忘却来时的路。

人，确实是个反复无常的动物。当初从大地出发，从野草身边启程。走走就失去自我。先不说当初活命的资本与守卫生命的药材全然来自野草的牺牲与孕育，即使是脱离泥土走向远方的人们，转身再次与野草相遇，目光里更多的也已经是冷漠、远离和屠杀。“农田看麦娘杂草的防治方法：用薄膜覆盖，高温堆沤2～4周，杀死其发芽力，或者在萌发后或生长时期直接进行人工拔除或铲除，或结合中耕施肥等农耕措施剔除杂草，也可用药剂杀死。国内外已有300多种化学除草剂，可用于几乎所有的粮食作物、经济作物地的除草。”（《看麦娘：比邻麦田的守望者》）高贵与华丽成为皇帝的新衣，贪婪与名利遮住生命最初的真相与本色。再丰富的物质，再高耸的楼宇，都不能湮没来自泥土深处的本源。我们与野草别无他样，都是来自大地，所有的植物，都是人类在世间的投影与镜像。

即使我们不能用平等的目光注视野草或叫杂草，至少我们要保持着与万物交互的慈悲、和善，以谦卑之心审视当下的生活与世界。我们可以看着短暂脱离大地的植物，保持在道理上奔跑的姿态。大地是我们最初出发的驿站，也是最后的归宿与家园。繁华落尽，我们终将抵达野草的身边与高度。美国自然文学大师亨利说，只有当我们意识到大地以及其诗意时，我们才堪称真正地生活着。只有接通于大地的生活，才是真正有意义的生活。反省自身，我们从高楼上俯视，我们是不是脱离了地面，脱离了生活本来的意义？我们靠近纸醉金迷，靠近锦衣玉食，靠近灯红酒绿，靠近本身意味着我们正在逐渐远离初心，丧失自我。

我对书中的白茅格外有兴趣，李时珍在《本草纲目》中这样写白茅：茅草根晒干后，夜晚可以看到根会发光，如果根腐烂就会化作萤火（《白茅：被遮蔽的铿锵燃烧》）。野草死后，化作灵魂的灯盏。万物有灵。我在城市的废墟上看到新长出的野草，坚硬的水泥与摩天的建筑，阻挡不了野草的生命。这让我猛然顿悟，把肉身交给植物，贴近地面，或许我们可以再次找到自身，揭开被遮蔽的生命真相。重新认识野草，就是对生命的再次审视、寻觅与返璞，以至于我们在当下物欲横流的世界里，保持初心。

2016年5月

目录

水烛

照彻苍茫的生灵者

万物有灵。当我们弯下身子，你是否发现事物都有他们的世界、他们的隐语？我这指向的是江南生长于水中的植物——水烛，俗称菖蒲，亦叫香蒲。香蒲这名字只是揭示出这种植物的属性与味道，却不能揭橥出植物隐藏在深处的生命密码。我青睐水烛这个诗意的名字，水是滋润万物的元素，或柔或刚，孕育万物又能覆灭万物，是一种充满着母性的物质。烛是照彻万物的光亮，是夜行者的灯盏。有没有一种植物拥有照彻水面之下与内心之中的光芒？如果我们走进水域，解读她的名字，你不能不惊叹，当初起出这样的名字，肯定是位民间诗人，他对大地上的事物有着别样的悲悯与怜爱。

水烛生活在水中，茫茫水域，无花无柳，却有这么一丛植物，曼妙的叶子，娉娉婷婷地从水底“刺刺”地冒出来，遍身裹满翠绿、碧绿，密匝匝地林立于水面之上，苍白寂寥的时空就有了生命的涌动。然后就在这无言寂寥的天地间，从碧绿的内部开始孕育，膨胀，开花，到了秋天，茎秆上端就会生出红褐色的蒲棒来，越到深秋越是膨大，颜色也由刚开始的淡黄逐渐变得深黄、棕黄，直至绛黄。水烛茎秆最顶端的雄花脱落之后，其生在下端的雌花会一直保持到初冬，此即俗谓之蒲棒。蒲棒的形成是蛮有韵味的。据资料考证，这蒲棒是水烛雌花孕育成的，雄花则在雌花之上。这温馨的姿势让人莫名地想到尘世上的男女：男人顶天立地，撑一把油纸伞，在雨天为女人撑起一方天空；女人则在男人的世界里，开着美丽的花儿，散发着浓郁诱人的香味，做着轻烟一般美丽的梦幻，楚楚动人，回眸惊鸿……

水烛的绿确实够得上说是招摇的了，带着一身的水汽，把一个绿色的世界从水底呈现出来。原本枯燥的水下世界，在她的点化下，给人以草原般广阔的想象。接着春水一江，绿波万顷，让我们看到水是活的，土壤是活的，甚至整个旷野、村庄以及水面上的日子都是鲜活的，充满着江南的灵气。特别是水烛那柔美妩媚的身材，看上去是纤弱的，不禁水面上的风雨，然蕴含着无限的坚韧之劲，从虚无处生发一片绿地。风起的日子，发出林涛般的声音。我不知道在苍茫的水面之上，辽阔之上，一丛丛水烛有何作用。她们到底在彰显着什么？一片水域的孤独伴随着一群水烛的孤独，一个万物相依的境界呼之欲出，水为水烛而生，水烛是点亮水的眼睛。水烛之上，我们没有看到明亮的光芒，多见那些在天幕下疾飞的鸟群，偶然会将之当作停息的月台、休养生息的家园，抑或清凉的高地！

人与鸟不同，人在“吃”这本书上对水烛已经写下清晰的文字：其嫩芽可生吃，根可炸、蒸或晒干磨粉做饼。《诗经》上即有“其蔌维何，维笋及蒲”之句。当然，记载水烛的诗句不止《诗经》，“青罗裙带展新蒲”（白居易《春题湖上》）、“夹道蒲荷长欲齐”（韩元吉《雨中伯恭至湖上》）、“蒲芽出水参差碧”（谢逸《菩萨蛮》），诸如此类，也不过是美化人类的贪欲，粉饰贪婪的胃部而已。即使水烛有知音，也不过是疗伤路上的医者。医药学家说，蒲棒顶部的黄色花序，就是上好的民间中草药（草蒲黄）。现代医学证明，蒲草具有调经、理气等保健功效。《本草纲目》里记载：蒲草，气味甘平，无毒，主治口中烂臭，去热燥，利小便，补中益气。水烛作为民间一味中药，在愈合那么多伤病后，回环往复的依然是对水烛吃的研究，葬身餐桌，成为都市早已利欲熏心的人回想故乡的记忆。

水烛，这低到尘埃里的植物，居然执念于成为照彻世间的灯盏。诗人沈苇说过，每一种植物，都是一盏灯。而水烛的夕光里，上演的是一出让人疼痛的悲剧：西风下，原本凌波的傲然，只幻成了一绺绺带着细小种子的团絮状物，在风中飘散，流落天涯。一种生命走到了尽头，无数鲜活幼小的生命从四面八方开始新的照亮。

还好，在水底深处，水烛的根还在。

根在，水烛就不会消失，那光芒就不会熄灭。

我对水烛关注已久，特别是她们偏居于水域的一隅，以一种寂寥、孤独和冷落的状态，潜滋暗长，在水底发动一场政变，抽出细长碧绿的叶子，捧出红褐色的蒲棒。无数柔弱与秀美的绿叶，在晨曦的微光里，恰似身姿绰约、长发及肩的女子，站在《诗经》的那条河流里，向着彼岸翘首遥望着，沉思着。似乎大地的承载与天空的深邃都无法阻止她那神思与惆怅。千百年来谁也读不懂她内心绿色的隐语。

有趣的是，人类对水烛的背叛，并不能阻止水烛对文字的承载。就在历史的某个时分，用羽毛蘸着时间的露珠，在那细长的叶子上刻下文字。这是短暂的一段历史，在沉重的竹简消失之后，纸张还没有正式孵化之前，蒲叶就是文字的记录者，承载与肩负着人类前行的文明足迹，甚至有时候蒲叶也会秘密地给人类自身传递情报。但蒲叶从不去靠近那些同类杀戮、刀光剑影和口蜜腹剑的名利纷争。一切都是浮云。对于蒲叶来说，在天地间活着，有滋有味地生长，保持向上的姿态，这是最好的方式。“天空中没有留下飞鸟的痕迹，但我已飞过。”眺望的水烛，需要担起的就是一盏灯的责任，只管照彻，无关风与月。一根根蒲棒，举着沉甸甸的重，直竖竖地向天穹。那别样的重，明知道过分的负荷会导致自身的折断，可这与生俱来的重，却无法拒绝与躲闪。

谁能洞悉水烛经年的负重?

人类才不关心草类的轻与重。人类这个常青藤，膨胀的永远是一张大嘴和那填不饱的胃。即使无法下咽，依然要找出下手的动机，这是占有与自私的心理在作祟。实际上，与水烛为伍的，都是些在泥土里摸爬滚打的农人，从水烛身上走过的人，早已忘却了昨日的灯盏。这些与水烛一样在自然与天气中挣扎生长的农人，大地给他们的除了泥土和村庄，剩下的就是这些千奇百怪、种类纷繁的草丛了。

草，是他们日常生活的目光，是他们最后的庇护与依靠。

据《礼记》记载，周朝时水烛与生活就纠缠在一起了。农人把水烛的叶子晾晒干后，编成休息的蒲席。轻盈的蒲席，托着沉重的肉身，安置着农人每一个劳作的日子。这些贴着大地心口的农人，与旷野、庄稼、节气、农具最近。在他们的生活字典里，惦记的就是那一日三餐，生老病死。温饱与平安是最大的梦想，没有过多的欲望。他们活得简单，就像蒲一样，长在水中，绿在水中，亮在水中，虫子、鸟和人，都是水烛光亮里的客人。死后的水烛，就把自己完全交给了农人，交给泥土般的日子。农人把熄灭的水烛收割回家，用编织的方式继续保存水烛的温度。接着水烛就会以斗笠、草鞋、草席、草扇、草帘等形象继续与民间在一起，呵护与照亮农人的生活。曾经的乡间，多见农人头戴斗笠，身披蓑衣，脚穿草鞋，徜徉在旷野中，这装束确乎像乡间的稻草人，远飞的鸟儿时常把他们当作暂时停靠的驿站，大胆的鸟还在他们头顶上轻轻地啄一下。水烛编织的物什，在农人看来似乎是生活的选择，他们还没有多少返璞归真的意识。但是农人们知道，让生命活着，这是最重要的，至于身外之物，何须讲求？

古人说一蓑烟雨任平生，世界之大，不外乎安置五尺之身。与大地、自然搏斗的农人，他们与自然最近，只隔着一条水烛席的距离。而都市中的人们，日益繁茂的水泥森林，纸醉金迷或灯红酒绿的场所，以及富丽堂皇、现代时尚的住所，早已把他们的心灵包裹起来，迷失已经成为都市人的一种暗疾。我喜欢简朴的生活方式，越是简朴就越是能找到自己，照亮自己。人，长成植物，未必不是一种境界。抛去杂念，在大地上恪守岁月的静好，保持着生命的原生态。

一种植物，一旦有了执着，就有了高度。在民间，人们对万物的理解总是隐藏着许多神性和巫性。比如水烛，在民间的眼里充满着神秘与深邃。水烛的叶子经过素描或者嫁接，不再编织成风雨里的蓑衣或者远行的草鞋，而是变成了传说中捉鬼专家钟馗手中的蒲剑，或者什么也不做，就简单地委身到端午节的门楣上，这时水烛已不再是水烛，而是神符，是神器，是护身符，是平安符，是庇佑自己的黑暗中的神灵。在自然灾害或者莫名的灾难前，无助的农人总是依靠这些田间阡陌、水塘里、沟渠畔、荒山下的野草，这些贴地生长的野草。但人的命运岂是这卑微的野草所能拯救的？或许，在农人看来，自己就是田间行走的稻草人，与其他植物何异？都是大地上的一群植物，只不过会开口说话而已。

卑微的农人，在沉重的日子面前，如何能轻盈得起来？唯有诗人们，在水烛身上，总能找出性情。“君当作磐石，妾当作蒲苇，蒲苇纫如丝，磐石无转移。”这蒲苇就是水烛。坚韧的水烛恰似《孔雀东南飞》中刘兰芝的执着爱情，至死不分离。这场爱情悲剧里，水烛由自然物转化成人的情感的承载物。这绵绵不断的情思，正是水烛与生俱来的诗人气质。

回归植物，这是我应对目前生活的一种方式。在这物欲横流、贪婪丛生的时代，守住初心，也许不仅是一种活着的境界，更是一种修行，为自己修行。不管是繁华都市还是偏僻田园，我们的背上依旧烙印着“草根”二字。谁的昨天不是与草为伍？大地上的草养活了多少我们？我们吃着草根，烧着草叶，喝着草药，从泥土上站直了身子。我们不是植物，但正是植物养活了我们，我们是植物的另一种形象。外出旅游，每看到一只蒲叶编织的草鞋或者一席草帘，便似乎与久违的亲人相遇，那亲切、带着生命的体温驱赶着我走上前去。抚摸、感知，拥入怀中，扑鼻的来自乡土的气息，如我早已熟稔的气息。我知道，如今精致的生活中，谁还是草民？丰富的化妆品与形式多样的皮草，使生活越来越远离烟火，远离大地。臃肿的身子瘦弱的内心在太平盛世的粉饰中，逐渐无法触摸与感知生命的温度了，怀疑、金钱、礼品、欲望、贪婪、情色的被褥，一层层包裹着，淹没着。随之消失的是简朴、单纯和真实。

这些水烛的草编织品，似乎是我们生活的昨日镜像，用逆光的方式，用一件件可以穿透时空的自然之物，越过沟壑与深渊，抵达我们竖立着层层栅栏与樊篱的内心。用粗糙代替精细，用简朴代替豪华，用原始代替包装，还原生活的面目，还原生命的根本，还原人类的最初行走。

我倍加怀念千百年前古人穿着蒲草鞋行走的背影，怀念那坐着蒲草垫挑灯夜读的月色。因为在这些水烛编织品面前，我们找到了一种久已消失的光亮，与古人简朴生活的心灵互应、对接。正是水烛编织品，让我们复杂、浮华、虚化和迷乱的生活里有了本真的镜像，有了与日月星辰同在的草木本色。

我们不能再花哨了，再花哨我们便找不到自己了；我们也不能再包装了，再包装世间哪里还有真相？我们就把自己当作一株水烛，极易被忽视的卑微水烛，在晨光里碧绿，在时间里永恒，挺直身子向上，在大地上彰显草根的根系。

几千年前，我们就是靠着这些水烛、水芹之类的野菜走出时间的荒原，走出历史的封面，草根、草叶、果实、花朵等都曾是我们的腹中之物。一天，一年，一百年……用坚韧和卑微养活着人类。那时我们都是匍匐着身子在大地上寻找，苟延残喘。我们的头颅我们的身子高不过任意一棵水烛。人类与万物是相互庇护的，物我相生，互为生活。我们和水烛都是大地上的主人。然一旦过度萌生欲望，贪婪，那么可以确定地说我们就走出了自然的丛林，成为孤独的族群。人类已经走到他们的对立面，打量动植物，无不充满饕餮之词。我以为人类是孤独的，孤独是可耻的。

解读大地上的每一株植物，走进植物的每一个内心城堡，或许我们会得到生命葱绿的密码。就是人与植物，哪怕是脚下最卑贱的植物，若能以包容万物的心态，在水面之上、时间之上生长，何处没有水烛的灯盏？现在，只想说，让我们借着水烛的微光，走向原点，打捞我们久已失去的本真、质朴、坚韧……至少，在寒冷的冬夜，我们不至于在水烛四下纷飞之际，寒冷、羸弱以及白发苍苍。

打碗碗花

咒语里的瓷式生活

我越来越对民间事物有一种毫无理由的恐惧，或者更准确地说是敬畏。比如那些贴着地面生长的草或者在大地上行走的动物。其实我干吗要害怕那些贴地生长的弱势草族，以及那些在人类手上被无情摧残的无助的生命？她们怎么斗得过人类的伎俩？人类和自然已经搏斗几千年了，越来越远离草，跳出草的包围圈，从吃草生存到讨厌草远离草虐杀草。当然，对于动物人类亦是如此对待。在贪婪的肉欲和其他欲望面前，那双眼睛早就被遮蔽住了。茫茫天宇下，唯独他自己是主宰者。审视生活，我忽而有个可怕的发现，嘴巴的路线图是这样的：先是对草残杀，历史条件的限制，造成人类始初对草类俯下身子。救命的草啊！渐渐人类吃饱了撑了厌了，就把目光转移到了动物身上。《现代汉语词典》中，若你仔细寻找，就会发现，在对植物或者动物的诠释中，总是夹着对菜肴的说明。赤裸裸的一个“吃”字，赤裸裸的对众生的暴力与血腥。当我端起碗时，我经常想：这些菜如何消化掉？这一思考突然把我带到一棵草面前，原来世间很多的隐喻会在自然的世界里找到答案。这棵草就是打碗碗花。这样一个充满太多隐秘和哲学思索的名字，在大地上潜伏着。她的命运超出我的想象。打碗碗花，是打碎了碗，还是打碎了花，抑或打到碗就开花？一个碗的意象和一个花的意象，把内部的世界搞得模糊与混乱，给打碗碗花披上神秘的面纱。

我还是说说碗的事情。说起碗还是比较复杂的，就是难以言表，或者王顾左右而言他。它的指向是不确定的、有历史足迹的。我还是把它置于乡村的背景之下，毕竟我是从阡陌上走出来的，我有必要和责任把视线局限在村庄的丛林里。我不知道城里人的碗如何。乡村的碗记忆中是粗瓷大碗，是那种土黄的似乎来自窑洞的没有烧熟的模具，色彩惨淡，或者谈不上色彩，原生态般；粗糙，硌手得很。但是，旧年里，村庄里能把碗端起来，已经是生活的最高境界了，已经满足了活着的权利。实则，饥馑的年代，我们手里端起的只是空碗，破碗，饥饿的碗，悲伤的碗，痛苦的碗，甚至什么碗都没有。村庄的人买碗，总是选择这样的粗瓷大碗，小碗属于城市人的细作。这样的碗买回家，用硬物在晚上摩擦，把碗表面尖锐的棱角磨平，直到温润，渐渐浸满日子的体温。这时碗就算正式走上餐桌了，盛满美味抵达嘴边。乡村的很多事如这磨碗般质朴，没有城市生活的细作。也许贴着大地的生活，才是生活的本质及本来面目。说了半天，这“碗”字与植物有啥关系？原来打碗碗花开时，那圆形的花朵确实像乡村的土碗造型。稍长些的托柄似乎是擎碗的手，在向过客或者飞鸟甚至长天追问什么。打碗碗花开的时分，如果你漫步田野或者村子的大小角落，你就会看到无数的打碗碗花开着粉红的圆形花朵。没有其他立体事物的依附，她们只能贴地绽放花蕾。风掠过处，这些貌似从大地深处托起的碗啊，长在民间，就是村庄的巨大隐喻。

关于打碗碗花的故事纷繁复杂，历史也很深邃。最早的打碗碗花是长在《诗经》里的。我们当地的年迈者称之为“葍秧”。实际上来源就在我们的《诗经》里。《诗经·小雅·鸿雁之什》中有篇《我行其野》曰：“我行其野，言采其葍。”“葍”就是打碗碗花。当然，打碗碗花还有许多有生趣的名字，如面根藤、小旋花、盘肠参、铺地参、斧子苗、常春藤等。一个人哪里会有这么多的名字啊？或许这么多的音符，是打碗碗花演奏的多重奏，每一琴弦弹奏的是不同的风声、心声以及心跳和命运。从古诗里窥知，打碗碗花在古人心中的地位与价值，着实让人敬重。通览《诗经》，我们会发现它本身就是一部事关草木的经传，在草木的文字里，我们可以感知到草木与古人、生活的关系，对草木的敬重抵达人类自身同样高的梯度。天人合一，万物归宗。打碗碗花今天看来也很平常，她什么地方都可以生长。在乡村，任何一块适宜的土壤，都会冒出她的身影，贴地匍匐潜滋暗长。林间、菜园、雨后的乡场上、荒野的阡陌上，松软的土壤长着一蓬蓬打碗碗花。三角形的叶瓣里，星星点点地展出粉红的花蕾。上面是大朵大朵的阳光，身下是金黄的泥土。我感喟打碗碗花与芦苇相伴在一起的景致。高的高出庄稼，低的就差低到尘埃里。这种精神谁能做到？大起大落，依旧不改碧绿，不改对大地的承诺。风过处或者车过处，甚至孩童的一个不小心碰到，打碗碗花就会折断、根茎撕裂。越坚贞的往往是越易碎的，越伟大的往往是越卑贱的。我对大地上的草是充满爱怜的，毕竟是有生命有操守的植物，就必须得到尊重。曾经我写到看麦娘时，就有专家和普通读者对我质疑：对看麦娘意象营造有谬误，其思想有值得商榷的地方。质疑焦点便是看麦娘是一种有害的野草，会夺取麦子的养分。实际上，哪一种植物的生长不要吸收来自大地的养分？这是植物的生存权利。每一种植物总是和世界有着千丝万缕的纠葛，没有一种植物或者人是独立于世界的。如果我们心细点，就会惊奇地发现，看麦娘只生长在麦地的周围。在乡村的鸡鸭鹅猪牛羊对麦地入侵之际，看麦娘就会冲锋在第一线，用稚嫩的身躯喂饱可爱的动物们，牺牲在食物链的战场上。当看麦娘全军覆没后，麦子才会站出来。更加可敬的是，这种叫看麦娘的野草在麦子养花抽穗时，会自发地退出大地的舞台。

还是回到打碗碗花上来。这草泼皮得很，乡间到处可见，你也想不出谁会将她带来这里。但她却在这里生根发芽开花了。赭黄色的土壤上，孤独地生长着嫩绿弱小的打碗碗花，震撼着每一个过客。这种生长是疼痛的。毁灭也要生长。但是她完全不理解你的惊诧与困惑，我生长故我在。可想而知，长在不合理的地方，会遭遇多少厄运。村里的鸡见了啄上一口，猪见了啃上两嘴，牛见了一脚踩得面目全非，更别说人了，人更是连根拔起，斩草除根。纵然这样，雨后的某个黄昏，你会惊叫一声，在原来的地址上又长出了稚嫩的打碗碗花。个中奥秘就是打碗碗花的生存哲学，如果粉身碎骨，那就随风在夭折的地方繁衍出千万个我来。诸如诗人白连春说起自己的命运：只要被打碎，他就随风飞。别小看碾碎多少节的打碗碗花，每一碎片，其内部都拥有着不可小觑的生命活力。诗人韩东曾说，有关大雁塔，我们又能知道些什么？打碗碗花，从地表一次次地钻出来，我们又能知道些什么呢？或许只有大地和她自己知道吧。

我与打碗碗花的最初相识始于吃的问题，这也是人生存的基本问题。吃饱了才有力气开始胡言乱语或者谈论诸如艺术、人生、色性等话题。物质满足后随之而来的才是精神的欢娱。我对打碗碗花吃的关注与祖母的关注对象不同，一个是猪，一个是人。按常理，这样的提法是有问题的。实际上，在打碗碗花面前，在生命面前，又有什么不同呢？心理与观念使然而已。祖母在世，大地上的一切草木均与吃有关，常挂在嘴边的话语："能吃吗？"饥饿与活着已经成为祖母经年的心结，那种恐慌与无助，常常于回忆的河流上游回血。打碗碗花的叶子、幼苗都可以食用，下面的根茎雪白，我刨过，一段段的，置于竹篮里。她有个好听的名字——福根。福的根，根的福。这根分明蕴藏着一种生活的隐喻，有科学的证据，也有吉祥的祝愿。这草实际上是祖母意义上的另一种粮食。当细小的打碗碗花带着触角披星戴月潜行时，祖母也悄悄地动身了，开始在华北平原的原野上摸索着打碗碗花，像蚂蚁搬家般把这些叶子、福根采回家水煮煎炒，或者晒干以备度荒。谁能小看这打碗碗花的福根？她用纤细的根挽救了多少生命！我现在理解祖母在世时对自然的万物如蚂蚁、野草甚至飞蛾的那种呵护之情。尊重生灵，何尝不是对自我的救赎？

我对打碗碗花的认识，止于猪。这是属于猪口中的蔬菜。打碗碗花已经渐渐远离人类的嘴巴。物质的日益丰盛与人类欲望的极度膨胀，对草们到底是幸事还是悲哀呢？黑暗中的刀锋与火光时刻在逼近她。别以为她逃离人类的胃部，就可以肆意地自由地生长。实际上，在猪们“眷顾”之余，人类则更以无以复加的器械与暴力驱赶与毁灭她。打碗碗花，面对的是一场更残酷的生死存亡之战。

人是复杂的高级动物，对打碗碗花有恨有爱。爱的时候关乎生命，恨的时候恩断义绝。昨天的，今天的，同样都是打碗碗花，但却是两种不同的境遇。是草改变了颜色，还是人改变了性情？吃着打碗碗花活下来的人类，对高贵与卑微有了新解。“打碗碗花，打碗碗花，小娃娃，莫碰它，碰了它，打烂碗。”现在，我们对打碗碗花的呵护只能在童谣中寻觅了。碰了打碗碗花，我们的碗就会打碎，或是把打碗碗花放到碗里，碗就会开花。这样的咒语似乎与我们往昔原野里刨食的生存艰难有关。是怜悯还是救赎？或许还隐藏着许多未知的秘密。我对打碗碗花的侵犯，纯粹是出于猪的需要，或者是生活的需要。当然，如果沿着食物链的路追溯的话，那么我承认我是有罪的，是间接地杀害打碗碗花的刽子手。可是，如果我这样的罪过要受到自然法庭审判的话，那么有多少人可以干净地活着?

马克思在论著中说，人类对自然界的改造和征服，进步多少，也就是破坏多少，向自然索取多少，自然界也会向你讨还多少。老子说，道法自然。人类在自然的路上，已经走得充满暴力与血腥了，我们的自然还叫自然么？欲望覆盖的大地，自然已经渐渐逃离，直至我们看不清她的脸庞。失去自然，人类将会落个漂泊无助的境地。

我在一则资料上看到，打碗碗花应该为灯碗花。打碗碗花开花，那粉红的花朵与祭奠乡间先人逝去的灯碗类似。灯碗，就是在一个粗瓷碗里植入一根棉花捻子，倒上一些煤油，即可放出光亮来。这是乡间给先人招魂的灯盏，否则先人的灵魂在黑暗中找不到回家的路，就会成为孤魂野鬼。打碗碗花的形状与灯碗很接近。灯碗在古代就有。南北朝时期道经《北帝七元紫庭延生秘诀》载："已上七位，用灯七碗。"供奉七位神灵，要点七盏灯。而"七碗"，表明当时的灯是用灯碗盛油的。对于灯碗花，我则更持以肯定的姿态。原因在于一个"灯"字，一株植物就是人类的一盏灯，一盏充满神秘与未知的灯，我们都是在这些光亮里存活，保持呵护，保持尊重，保持敬畏，这才是我们人类应该有的姿态。索尔仁尼琴说过，人类若没有敬畏之心，什么事都会做出来的。我希望打碗碗花就是灯碗花，一盏高悬在人类头顶的灯，灯在人在，灯灭人亦消失。皮之不存，毛将焉附？世间的万事万物，都会在冥冥之中给予人类劝告与警示。

我不知道打碗碗花这个咒语的作者是谁。打碎了花，碗也就打碎了。碗里有饭。没碗，哪里还有吃的？这样充满善意与复杂性的暗语，也只有与她生死相依的人才能创作出来，除了草民还能有谁？在民间，我知道还有许多禁忌。比如说身上的纽扣掉了，母亲给你钉纽扣时，嘴中一定要衔稻草。或者说孩子半夜老是啼哭，做母亲的只要围着床四角转上几圈，祷告一番，孩子就会安然入睡。正月里有几天不能动剪刀、针等，动了则会夫妻吵架，诸多不顺。打猪草时人不能从镰刀上走过，否则会招来横祸。乡村里不少村落还有土地庙，小孩子不能对着土地爷撒尿。我记得有人不信，朝着土地庙尿了一泡，结果回家当天晚上就头疼。这样的禁忌在民间不知道还有多少，谁也无法说出其中的道理和隐秘，只是老一辈人都是这么做的。是求得对事物的尊重，还是求得内心的安稳？也许这样认为代表我是唯心主义者，但这总比人没有敬畏、恐惧之心要好多了。人的胆大妄为，荒诞荒谬，匪夷所思，很大程度上都是由于没有敬畏之心。这敬畏就是一盏明灯，黑暗中给你光明，疯狂中给你泼冷水。受人恩惠时涌泉相报。我以为打碗碗花的禁忌与咒语，也有类似的揭露。它是否要求我们对自然敬畏，对劳动尊重？

打碗碗花，众多贴地植物中的一种，与民间紧密依偎在一起。与生活同行，与生命同在，甚至沿着日子的炊烟走入人生。我在一则小说里读到过这样一段关于打碗碗花的民谣："打碗碗花，开得早，二姐模样长得好。手儿呢，手儿巧；脚儿呢，脚儿小。红鞋绿花配得妙，柳眉杏眼细腰俏。打碗碗花，开千家，二姐窗前梳头呀。朵朵野花头上插，头发光得照人呀。娃娃跟了一串串，小伙子围了一团团。打碗碗花，往上爬，今日七，明日八，后日我娃出嫁呀。娘给我娃红手帕，手帕绣上打碗碗花。打碗碗花，开不红，婆子娘打媳妇不心疼。白天打，黑夜拧，二姐浑身青又红，眼睛哭得像铜铃……"卑微的打碗碗花根扎到民间深处了。

打碗碗花，不再是原野上的那朵花。谁还能轻易把她打碎？在物欲横流的当下，浑浑噩噩或者醉生梦死，我们必须保持敬畏，否则破碎消损的不是那朵害羞的打碗碗花。

鸭舌草

勿忘初心的漫溯者

我执意要写写鸭舌草。这种草在今天知道的人不多了，虽然乡村废弃的池塘和沟渠内，依旧还有她们的身影。从当下来看，在城市化的进程中，人们对草的遗忘与背叛，已经疯狂。这些卑微的小草，在大地上总是默默地生长，自生自灭，无欲无求。当人们需要她们时，她们无怨无悔地付出。这样的草，似乎超出了草的界定。我执意写鸭舌草，还有一个原因，就是这草，每次读到她的名字，内心的舌头总要不住地抖颤。这种草的名字，确实有点意思。我以为她是专门为鸭子而生的，或者是类似于鸭的舌头。我见过鸭子的舌头，鸭子吃食物时，俯下身子，在抖动的舌尖与嘴巴的组合中，完成一次次的进食。这低下身子以及头颅，面对食物的一幕，震撼了我，那姿势充满着感恩与虔诚。鸭舌草与鸭子，似乎都谙熟其中的秘密，它们在用自己的方式完成存在与繁衍。

饥饿年代，我们与鸭舌草有过交集。我们以此为生，把她当作救命的粮食。吃草这事并不荒唐，人类至今不是还在吃草？有些草至今还是救命的呢。全仰仗母亲的劳作，我们在荒年里才得以存活下来，只是不知道那些鸭子活得如何。为了活命，我们已经顾不得鸭、猪的口粮还是人的口粮了。我们与鸭子争夺食物。实际上在荒年时，鸭子已经绝迹了。人都难以活命，哪里还有鸭子存在？鸭舌草，已经是我们人类自己的口粮。我记得那时逢上一丛鸭舌草，狂喜之情难以言表。那时候没有比活下去更令人快乐的。人只有在绝境中，才会看清楚自己到底需要什么。那在乡村低矮的门楣前，手拿着食刀，在枯干的案板上摆弄着她，辗碎、搅拌，再经过柴火的蒸煮，直到吃进胃部的情景我至今不能忘，还包括对鸭、猪等动物一份迟到的悔过与忏悔。写到这里，我倒是对鸭啊猪啊有了感觉。这些小生灵，在人类面前根本没有辩解、挣扎的能力。给她们一口气，她们就努力地长，纵然最后的归宿还是人类偌大的胃；不给她们一口气，她们就告别世间，等待下一次的复出。生命的随遇而安和通透的心态，让人类羞愧。换而言之，要是她们与人类换个角色，不知道地球会不会炸锅？不敢想象。

人类对草的态度颇可玩味。这原本是属于鸭、猪的口粮，可是在特定的年代里，人类据为己有，这分明是越界掠夺动物们的粮食，毫不留情地撕掉人类的伪善，揽鸭舌草于口中。人类的舌头与鸭子的舌头已经没有什么高度与低度了。然后在物欲横流的时代里，这些鸭舌草却又成为人类厌恶的对象，恨不得除之而后快。在那物质的眼睛里，早已容不下鸭舌草们，只剩下无止境的欲望。草的变化，也许正是人类自身欲望的变化。物化，已经使得人们模糊了初心及原路。这就是人类目前对待草们的态度。遗憾的是，草们不会说话，鸭舌草也不会起诉。继续生长则成为唯一的抗争方式。

我记得古人给我们自身起了个别名：草民。意思是我们是草做的人，草的命，贱。从李时珍到今天的中医，一路草来。是草滋养我们的生命，是草医治我们的身体。我们吃草，喝草药，过草的日子。哪一样离开草？我们是真正意义上的草民。翻阅中医药书籍，赫然记载着鸭舌草的药用价值：鸭舌草，别名水玉簪、肥菜、合菜，性味苦凉，具有清热解毒的功效。以全草入药。全年可采，鲜用或晒干。治痢疾、肠炎、急性扁桃体炎、丹毒、痔疮等。《唐本草》：蔛草叶圆，似泽泻而小，花青白。堪啖，所在有之。再如《江苏药材志》：治痢疾腹痛。《福建中草药》：清肝凉血。……呜呼，守护所谓高贵生命的，居然是匍匐在地上的不起眼的贱草们！

噫嘻！如今谁还能俯下身子审视昔日的草们，再来回血一次草的生活？鸭舌草，不再是地肤的诗情，而是庄稼的祸害与仇人，人类恨不得一瓶农药将其置于死地才痛快，昨日之饥饿今日已不记得，这不是过河拆桥？转过身来的人们，早就忘记了曾经青黄不接的面孔。想想那时人类与牲畜们争夺食物活命，如今是可悲还是可怜呢？

俯身植物。这是我中年后抵达村庄触摸生命的视角与姿势。张爱玲说遇见他我变得很低很低，一直低到尘埃里去，但我的心是欢喜的，并且在那里开出一朵花来。低到尘埃。只有低到尘埃之下你才会悟透尘埃之上的花草。

至于鸭舌草，很多年都没有引起我的注意。野草无数，谁会在意那一隅方塘中茕茕伫立的鸭舌草？靠近岸边，碧绿的身子撑起柔弱的情怀。枝干脆嫩，手一握估计会产生婴儿的疼痛；叶子更嫩，触摸会听到心碎的声响。若你能停下匆忙的脚步，对着鸭舌草抛去一眼，原来那叶像鸭舌的形状，勾引着鸭、猪等动物的胃部，以鸭的名义命名的一株草，竟然在天地间，从苍凉的水面上遗世独立。

草低无言。但世间并不是没有知音的。明人李时珍就算一个。他一脚踩上去，走近草的内部，他把自己栽培成世间第一草人。在草与人之间，他找到了血液相通的经纬，为草正名，为人类疗伤。他在《本草纲目》中云：鸭舌草，地肤的别称。一年生草本植物。生水田，高尺许，叶心脏形或卵形，似鸭舌。夏秋开花，色浓青，可供观赏。意外得知，鸭舌草居然别名叫地肤。大地之肤？还是光泽如肤？这样的名字真是世间少有，古人起名真是深入肌肤啊，动人心魄。就是让我等想个十年八年，也绝不会想出这么个贴切形象的名字来。据悉，鸭舌草生命力旺盛，长在水田或者沟渠畔，像鸭子般东窜西窜，假以时日，不久就四处繁衍了。水湄之上，齐崭崭地平铺一层，遮盖着泥土，遮盖住水下光景，给大地披上一层滑腻柔嫩的肌肤。若真是符合古意，植物是大地的肌肤，那么肌肤之上是什么？是毛？是行走的动物？还是那些为生存不辞辛苦的人们？

让人遗憾的是，李时珍沿着草探究身体的秘密，依然没有走出实用的栅栏。实际上，草与人，在大地上拥有同样的蔚蓝，没有高低。李时珍的目光在今天看来，依然是短浅的，拘于人类自身的短视，对草的理解依然是偏颇与不公正的。他可否在一部叫《人类纲目》的书里这样写：人，其头发可以医治叶子的枯萎，血可以补给根部营养？

走在夏日的田畴上，脚踩着碧绿的草地，软软的，夹杂着泥土的芬芳从我们脚下发出来，似乎那碧绿的汁液正沿着我们的经脉蔓延至我们全身，彼时我们也是一株碧绿碧绿的野草了。晃着绿绿的眼，穿着绿绿的衣服，在泥土里拔节、长高。我们欢笑着，奔跑着，享受着这一美妙的发现与感受。疯跑累了，我们就趴在田埂上，抱着丰满的阡陌不放，两手捋着身边的茅缨，吮吸着。其时我们最大的发现是：这些不起眼的草儿居然是我们的好伙伴，任我们玩耍与拥抱，甚至我们还会把她们踩在脚下听她们发出碧绿的欢叫，那种似乎来自我们与大地肌肤之亲的欢叫。

这些不知名的无数野花野草，不都是大地丰腴的肌肤？每一丛碧绿都是大地泛着光泽与色彩的皮肤。有了这些小草，大地少了一份裸露，一个褐色的伤口，一处触目的荒芜。所有的植物都是一盏灯，而香味就是她的光。鸭舌草们是，我们也是。

读梭罗的《瓦尔登湖》，沉醉在纯净明朗的自然界中。看自由的飞鸟，观沉默的大树，赏西沉的残阳，一切都在蓝色的宁静与和谐里转动。梭罗是懂得自然的人，他读懂了一花一木一草，与草木为伍，与鸟兽为伴。他与自然平起平坐，他把自己当作自然的一部分，他是自然的草木，他就是自然。远离尘嚣，走近自然，诗意地栖居在大地上，已经成为越来越多人的梦想。梦想的无法实现根源在于我们离自然太远了，离尘世太近了。

梭罗说，黑夜即将过去，黎明即将来临。城市的膨胀，加速了村庄的消亡。村里的树少了，栅栏荒废了，猪圈、羊圈也坍塌了，甚至许多泥坯房也倒塌了。村里的人多是老人、孩子。老人们终究要在此埋葬，孩子们长大后则远走高飞。那村庄还剩下什么呢？是草！鸭舌草、婆婆纳、巴根草等草们铺天盖地蔓延过来。我们转身面对鸭舌草们时，也许离野草近了，也许内心一片荒芜。

蛇莓

隐秘草丛的魑魅之影

我在电脑上写下"野草莓"，这本身就是个谬误。因为在那个特定年代里，我们根本就不认识草莓，也从没有吃过草莓。这个"野草莓"的名字，应该说是我现在对她的叫法。对比现在认识并吃到的水果草莓，我们赋予了她"野草莓"的名字。这个野草莓和草莓确实相似，如两者出现在原野上，你定然无法分辨出的。贴地匍匐蔓延的锯齿形叶子，紧贴着大地的胸膛。妖艳的红果，是大地上惊心动魄的色彩，成为我不能忘记的岁月图景。

我所说的野草莓，她真正的学名叫"蛇莓"。蛇莓，兼有妖娆的蛇与诱人的草莓两者之精华。是来自伊甸园的水果？还是有一条带着神秘的巫气，绕过这红得布满诱惑的果实的蛇，在黑暗中潜行？她似乎与蛇有着不可分割的关系。这个“蛇”字，在那妖艳的光亮里，总使人联想到人首蛇身的女人，阴气沉沉。也许这妖气黏稠的名字里，包含着宿命的诡异。女人与蛇的组合，这本身就是很鬼魅的统一体，阴冷幽冥扑面而来，令人不寒而栗。

我对蛇莓的初次认知，源于那个饥饿的童年。那段时光似乎是从一台历经沧桑的老式收音机里播出的音乐，或者是早已沦落于历史博物馆的黑白相机里的胶片。四季是没有色彩的，村庄是没有色彩的。一切都是土灰。大地是土灰的，树木是土灰的，房屋是土灰的，就连日子也是土灰的。土灰的人群，土灰的脸，土灰的眼神，土灰的命运。到处充满着饥馑、昏黄、颓废、衰败的气息。整个大地上，村庄、原野、道路、烟囱以及草垛，都无情地裸露着伤口。这撕裂的状态，与我曾经到过的西部河西走廊一带一样，干旱，荒漠和无尽的风沙。旷野，千里无人。如果说还有点植被的话，那就是被卷入路中间的枯草，绣球状，她有个好痛的名字，叫“风滚草”。随风打碎，随风远行。那时的村庄，就是一座座没有人烟的城堡，远看分明就是将要坍塌的坟墓。村里的人，稀疏地劳作在旷野里，面对着荒芜的土地，必须以劳作的方式继续挥动农具。黄的土，贫瘠的地，在泥土与农具的碰撞中，发出一丝呻吟。这是活下去的唯一方式。只要举起农具，就意味着还有希冀存在。大地深处，谁也不知道隐藏着什么样的春秋。黑白年代，人们已经处于恍惚与麻木的境地，饥饿和绝望，已经深入骨髓。活着，就是煎熬下去。这样的日子，我们是无人看管的，就像一群流窜犯，在村东村西疯跑，砍树、放火、打麻雀、烧知了等等，我们成为大地上谋害每一种事物的凶手。我们就是审判者，一群无知和狂妄的审判者。饿就是理由，填饱肚子就是最大的奢望。村里的人已无力过问，谁能活下去就有最充分的理由。我们吃树皮、树叶、野草，去老鼠洞里找粮食，甚至还想过到离村庄不远的后山上，掠夺庙或庵里的供品与祭品。

我不知道蛇莓是如何落生在那片山坡草丛和树林里的，以极其惊艳的方式，隐匿在灌木丛里，从大地的深处，捧出带血的果实，向每一个路人的眼睛发出妖娆和性感的红唇诱惑。暗绿的细碎叶子，土灰的树木和灰沉沉的天宇，这些构成我们对这红色果实的迟钝与畏惧。红，猩红，充满着血腥的红。我记得当时我们都为之恐慌，谁也不敢下手。那种百般无奈的日子里，压抑的灰，无边的绝望，在这陌生的呈现着魔幻的蛇莓里，似乎冥冥之中存在着宿命般的定数，造成我们与蛇莓的相遇。也许，这里还包含着人生的巨大隐喻。现在，在那片童年的天空下，我们能记着的就是那颗颗血色蛇莓。

我们终于忍耐不住，即使在那猩红的颜色面前，那分明就是朱红的血。我听到胃部已经掀起了排山倒海的巨浪声响。我们疯狂地扑向了这鬼魅般的蛇莓。那个夏天，我们就是在蛇莓的猩红里挨过饥馑。填饱肚子，获得生存，这就是大地最好的馈赠。

实际上我们内心是充满恐惧的。我们并不知道蛇莓可不可以吃，但是不吃蛇莓还能吃什么呢？在那段吃蛇莓的日子里，我们多次在村口碰到熟人，他们面露惊恐的神色，还神神叨叨地说："妖气。"他们说我们身上有一种妖气，还劝告我们的大人带我们到山上庙宇里去磕头祈祷，消灾驱邪。妖气我们感觉不到，但是我们确实经常做噩梦。梦中的那些蛇莓，从肚子里开始幻化成蛇头、猩红的信子以及恶臭的毒药水，我们吐不出来，也呼救不得，感觉死亡在迫近我们。就是这样提心吊胆的日子里，噩梦之外，我们继续找寻蛇莓。要活下去，就必须吃蛇莓，就算马上死掉也要吃。

如果当初我们知道蛇莓与草莓的天壤之别，估计就是饿死也不会摘来吃的。这个长着猩红舌头的蛇莓，确实有着蛇的阴毒、寒冷和草莓的姿色。蛇莓本身就是一味中药，民间说可以治疗吐血、烫火伤等，但这不意味着她与人类的关系亲近。让人始终不能接受的是，据说蛇喜欢在她叶子下休息。那种寒冷的气息带着软体动物的扭动，绕着蛇莓然后无声无息地离去，幽魂般，想来谁不毛骨悚然？据说大多数蛇莓下面留有蛇的唾液，蛇的唾液有毒，唾液滋润的蛇莓也就有毒。在蛇的阴森里，我们再审视蛇莓，红色果实上，伸出的似乎是勾人心魂的红舌。审视蛇莓表面，挨挨挤挤地长着一颗颗毫不相连的火柴头状的果实，每一颗都有随时脱离母体的魔力，等待着迷惑人间。而草莓与蛇莓不同，她的表面是完整的、圆润润的，似乎从一颗大果实里将要凸出珍珠般的晶莹，害羞，内敛，温润平和。据药书记载，蛇莓吃多了会中毒致人非命。万幸的是，我们在邂逅蛇莓时，疯狂中依然能保持着谦让、民主的作风，我们已经知道该如何分配那些蛇莓了。否则贪婪、自私或者野心将会导致我们一命呜呼。至今想来后脑勺依旧寒气逼人，胆战心惊，似乎从鬼门关侥幸逃脱。在后山上，我曾听到寺庙里传递过来这样的箴言：活着就是修行，修他人生则自己生，修他人死则自己死。原来，修行，也能使人更好地活着。

我一直觉得家乡后山那座庙宇，就是在冥冥中庇佑众生的殿堂。她的存在，是给那些在红尘中迷惘的人、找不到出路的人一种安慰，现世的安慰。那些年里，偏隅穷乡僻壤，于颠倒的年代里，这袅袅香火，纵然寂寥，也是一种依靠与支撑了。我记得那时村里的人，在饥饿面前，没有癫狂、发疯，没有发生人吃人的事件。饿死人的事在村里时有发生，但是村里是安静的，听天由命，坦然而悲壮地面对灾难与死亡，这是当时村庄人的一种生命状态。这都是由后山的那座庙宇所赐。每个人的心中，都有一座教堂，供他们去遵守、虔诚地祭拜与守护。

那庙宇后来我们才知道，不是寺庙，是一座尼姑庵。多数时间里，她保持着沉默与萧瑟，沉寂着，哑然着，与世隔绝。唯有与林中的月亮、山上的虫子，存在于天地间，各自安好。庙里人不多，常见的就一色衰的老尼姑和一清秀的小尼姑。后来那老尼姑也不见了，间或可见到那小尼姑，忧郁的脸，阴郁的气息，一丝丝死亡的气息逼迫而来。我去过那庙宇。对我们来说，它高深莫测，让人望而止步。对于这样充满着未知和神秘的地方，敬畏和恐惧油然而生。雕梁画栋、暮鼓晨钟以及庙宇案里的神像，都让我们在人世外看到另外一个世界。我们不知道人居然还可以这么活，青灯黄卷，也可以安妥尘世喧嚣与欲望。

我们走近尼姑庵多次。当然源于那遍地的蛇莓。我们始终不能释然的是，在这尼姑庵的周围，长满了碧绿鲜红的蛇莓。看那长势，有野生野长的气息，也有人施肥浇水的功劳。晨曦里，暖人光线透过树林，照在猩红的蛇莓上，发出炫目与奇幻的色谱，使得原本死气沉沉的庙宇布满着神秘的咒语，涌动着鲜亮的血液。那一瞬间，我们感觉后背正有一条冰冷的蛇，神秘地扬长而去，只留下唾液滋润的红。

我们经常光顾后山，目的就是那猩红的蛇莓，当然，也是一次次逼迫着自己离开。据村里人说，这座尼姑庵阴气重。村里人的意思是，蛇是阴气的，这尼姑庵里的尼姑们也是阴气的；另外一层意思是，在这尼姑庵里，曾经有一位从大上海下放来的女知青丧命。男女之间的事我们当时是处于懵懂的状态，无从知晓，只是知道后来村里有人被逮捕枪毙了。这导致我们来到后山，总隐约听到有呼救的声音和亡灵的哭泣。村里的巫婆们告诉我们，那是冤魂在叫喊。

我们好奇这庵里神秘的尼姑。和尚、尼姑，对于我们来说，都是遥不可及或不可理喻的对象。在他们的世界里，除了念经打坐，与经书为伴，究竟在祈祷什么？诵读什么经书？那种对众生怜悯的佛心让我们感到无地自容。我们一度怀疑自己是邪恶的屠夫，多少动物的生命死于我们残忍的手上，然后进入我们的胃。我们把控不了饥饿和贪念，来尼姑庵这儿摘蛇莓，这是我们必须要做的功课。可惜每次我们都来晚了。蛇莓，成熟的蛇莓被人提前摘了。我们有理由认定，是那小尼姑所为。可她为什么要吃蛇莓呢？女人与蛇，本身就高深莫测，而尼姑则是女人中更具奇幻与神秘性的那种了。蛇与尼姑，都可谓是黑暗中的修行者。

那年，后山的蛇莓我们一颗也没有等到。总是有人在其成熟之际，捷足先登。可是看着这寂寥冷清的后山，会是何人呢？当然，青涩的蛇莓我们不愿意采摘。这不是采摘的问题。在成熟蛇莓前，我们都是公平的竞争者。过早地采摘，对植物蛇莓来说，则是一种不可饶恕的罪过。俗语说，吃了不疼舍了疼。也许还会运气糟糕地碰上叶子下的蛇呢，唾液吐你一身。我们怀疑所有的蛇莓都进了那个小尼姑的篮子里。可是那个年轻的小尼姑为什么要采摘蛇莓呢？猩红的蛇莓，古旧的庵，还有俊秀的尼姑，在这深山老林之中，会组合出什么样的尘世与修行？村里的人说，那些找不到对象的人，才会称为“和尚”或者“尼姑”。这个小尼姑带给我们无穷的想象。难道那个俊秀的尼姑是没有找到男人？可是哪有俊俏的女人找不到男人的？村里打光棍的总是男人们。我们没采到蛇莓，或者说没有看到小尼姑，并不气馁。毕竟她和蛇莓都是黑暗中的修行者。是的，我们有理由认为她们就是人间的布道者，以某种慈悲在解救众生。否则也不会在这庵的四周，生长着猩红的蛇莓。可是，这么多的蛇莓，难道都进入了尼姑的篮子里？

我们隐约觉得不安，琢磨不出，一种莫名的担忧隐伏在眉宇间。当然，也只是瞬间的念想。人生与岁月，在那样的年代，就是用来无情浪费的，除此我们还能做什么？我们只是村子里一群游手好闲的浪子，玩世不恭、颓废甚至带点绝望的阴暗心理。这样死气沉沉、枯燥不堪的生活到底有什么意义？何时才是尽头？好在后山有座庙，给我们这个绝望的生活带来一丝涟漪，以至于我们对原本死水般的日子有了期待。每天的钟声，给了我们新生的早晨。每一个早晨都充满着蛇莓的色泽。

担心的事终将登场。我始终怀疑蛇莓是一种充满着咒语和神符的野果。猩红的色彩，似乎就是那勾人心魂的死亡之舌。果然小尼姑死了。整个村庄的人都很惊诧。出家之人，与世无争，出家之人招谁惹谁？怎么会突然死掉？好标致的姑娘，年轻轻的为啥要出家呢？有人说尼姑被村长看中了被糟蹋，有人说那尼姑都已经怀孕四个月了，还有人说那尼姑是狐狸精变的……村里议论纷纷，激起的涟漪许久没有恢复平静。更多的从那庙宇中获得的安稳被打碎，村里唯一的净土也在尘世中被玷污，有心无归处、魂无归处的恍惚之感。这是我们意料中的，因为后山上那妖艳的蛇莓。这些从地心深处钻出来的果实，巫性十足的果实，她的糜烂之极的红，分明就是生命的片尾曲。曲终人散。这是将要到来的魔咒。吃了蛇莓的人，注定是要中毒的。事后也证明了我们的预感。在小尼姑的床前，我们看到还遗留着为数不多的蛇莓，腐烂的果实，沿着古铜色的条桌，奢靡一地的残红。

后来，我在一本本草医书里得到佐证，蛇莓，有微毒，食多可致命。哦，致命的蛇莓。不，致命的年代。

水芹

栖居家园的守望者

我对水芹处于模糊与混沌的状态。说出这样的状态，不是处于持续不断的酒意中，也绝非是对乡土的遗忘与背叛。我们深陷于世俗世界里，对大地上的许多事物，在隐形的遮蔽里，已经无法说出其中的真相。真相与幻象，已经无法辨别其隐身衣了。不单因为这些事物具有无法参悟的复杂性，也因为无法判断出其中隐藏的无限可能性。水芹，如果作为乡间现实的一种水生植物，长在沟埂塘畔，那么也许我们可以从四季中观察她的黄绿枯荣。但是更多时候，人们总是爱用这样泼皮寻常的水草，给自己的骨血命名。我无法参悟野草对于大地上的人究竟意味着什么。

有时贱如尘土，有时又高似庙宇。很多时候我们恍惚于庄周的蝴蝶群里，不能准确地指出水芹和人群，或许两者皆有。

村子里叫水芹的女孩特别多，多到一家往往都有好几个带“芹”字的，什么水芹、小芹、海芹或者芹芹。这些命名在今天看来十足奇怪。方块字那么多，乡间的名字为什么就那么几个？模糊与混沌，很多时候在喊水芹的时候，喊成了另外的人了。张家的水芹和李家的水芹，同样分不清，但她们无所谓，各自的家人总是能够分得清楚，不管是看背影还是黑暗中倾听她的脚步声，没有一个认错自己女儿的。如果我再啰唆几句的话，起名字在乡间也是一种文化现象。他们不似城市里的人，抱着“四书五经”，或者找个专业的起名字店铺，花上些许时间，挑几个文雅别致或者辨识度很高的名字来选择。乡间人的名字，就像乡间的野草般平常，跟随着田野这本人生教科书，从花花草草或者农具里，随手丢出一个音符，如是水塘，那出生的孩子就叫水塘，如果看到的是小狗，那么乳名也就会跟着叫小狗，一切随意，任其自然。这个自然在这里得到了极大的诠释。没有比这起名更自然随意的了。我以为，他们已经把顺其自然的要义融化在血液中了，自然般的生命与生命的自然，其境界何等辽阔？

我曾和祖母探讨过这个问题。那时祖母没有过世，她喜欢在夏季纳凉的晚上，端坐于木椅上，手摇着蒲扇，对着我独自吟诵古诗词。那些诗句当时我完全不懂，只觉得祖母那朗诵诗句的语调，似乎一个人抒写岁月深处的忧伤和叹息。祖母是小家碧玉，曾是地主家的女儿，有着姣好的容颜和良好的文化背景，可惜，生逢乱世。那时祖父供职于县粮站，在捍卫粮食与土匪生死激战中，不幸被乱枪打中。那年，小脚的祖母才刚过而立之年，身边已经有了四个未成年的孩子。最大的八岁。祖母谈到往事时，不胜唏嘘。四个孩子，就像蒲公英，在风尘中四处漂泊，随风生长，落地生根。东一口西一口，上一顿下一顿，饥寒交迫也是可以说的。毕竟祖母那三寸金莲，怎么对付得了繁重和艰辛的农事？出生于大户人家的祖母怎么会谙熟稼穑的技能？乡下人，活命就行。祖母说，四个孩子，就是乡间的种子，让他们自然落生在阡陌上，靠天气活着，靠年成吃饭，其命和田间地头的野草没有两样，生死由命，富贵在天。

谁还有心思管那些名字的事？碗里的事情比什么都重要，活着就是最大的事。祖母说，那时人都认为，名字只是符号而已，哪有这么大的讲究？就像身旁庄稼地或者阡陌上的野草，卑贱得不能再卑贱，普通得不能再普通，没有人问津，也无人施肥浇水，而她们却依旧年年绿，命泼皮着呢。乡村的孩子娇惯不得的。向这些植物学习，像野草一样活着，成为人们取名字的唯一方式。在他们看来，像野草一样活着，这已经足够了。所以，乡间名字文化里，小英子、小蔓、芹儿、云英、萍儿等一大批植物动物的名字如丛林般，从旷野和草垛间冉冉升起，走到哪里，长到哪里，都是一块块移动的乡土，迁徙的野草。质朴的土气，已成为命里的气息和纹理。

面对乡土，按照王小波的话说，活着的人属于沉默的大多数。他们唯一的躬耕姿势——贴着地面匍匐生存，已经成为存在的方式。他们的笔就是农具，时间是稿纸，生命是墨水，涂抹出的四季则是他们的长短句了。碰上个旱涝或者山洪地震，则是无尽的残缺与无边的惊恐。活下去，是最大的渴望了。对待人类的繁衍行为，亦是如此。他们看着身边的野草，不必像为庄稼们那样胆战心惊。无论天气好坏还是年景青黄不接，在他们的人生字典里，这些花花草草是最具有生命力的，刀耕火烧，春天一到，又是一片青翠。他们从野草的生存哲学里，得到了希望或者支撑的力量，孩子要像野草一样活着。

我就是这样认识水芹姑娘的。准确地说是认识了一群水芹这样的姑娘。我们都像在村庄之外一群野生野长的水芹菜，在风、阳光、雨露和尘世的尘埃里寂寞无人地生长。土，土色、土味和土命，成为我们生命最初的原色。我们长在土里，走在乡间的阡陌上，吃着田野里生长的野菜，喝着小溪里的生水，然后在村后的土地庙里，上着古老的启蒙课。学堂内，观音、雷神以及各种民间的神佛，是隐遁在黑暗中的文字，在渐渐开明的日子里隐退。神台已成为讲台，神佛则为村里的学究所替代；神龛，成为我们写字阅读的课桌。当然，村里那些念旧的老人，则会在无人的夜晚，把那些神像移请回家，日夜供奉，执着于内心的宗教。回望村庄后我曾问过父辈，那时村里众多终日烧香祈祷的人在神龛前默诵，所为何故？父辈曰：“活着、健康和平安。”仅此而已。

我和水芹一样，成为我们村里最早背起书包、走进学堂、谛听大地心跳的人。我的父辈和水芹的父辈都是目不识丁、只识大地上无数野草的农耕者，在他们的课程里，执教与体悟的是大地、天气和日头，然后按照人类繁衍的方式，男人与女人结合，养育子孙后代，继续着大地上的劳作。活着，活下去或者活得滋润点，已经就是全部的生存意义了。

水芹比我姐姐们幸福，至少水芹有机会上学。水芹爹妈虽然生育了水芹姊妹七八个，但都坚持让她们进学堂读书识字，直到一个个掉队或者缘于生活无奈被迫辍学。这一簇水芹般的姐妹是幸运的，在她们的视野里，至少她们曾经开启了一道知识的天窗，看到了一丝文明的光亮，这为她们日后的远方埋下了伏笔。我的大姐、二姐没有那么幸运，大姐只上到小学三年级，二姐境遇更加糟糕，只到过扫盲班进修几天。扫盲班，这个时代的产物，曾经在简陋的牛棚里聚集着多少黑暗中的人。我见过二姐识字的瞬间，那时我已经念初一了。我看着二姐就着斗大的汉字，用铅笔在纸上歪歪斜斜地描红时，字字如血从我心头滴落。在煤油灯的昏暗灯光里，我看到二姐眼睛里强忍的泪花和内心的酸楚，笨拙的样子让我揪心般疼痛与悲哀。如果，多年后我看到一个只知道繁衍、吃饭、做活的女人，行走在都市生活与文化的边缘，又何其哀痛？那是来自内心的荒凉与绝望。我们除了伤痛、悲哀还能埋怨谁呢？父亲母亲重男轻女，全家只供我一个人上学。当然，家境困窘不堪，靠的纯乎是以命活命。看着父亲像一个受伤的英雄般与大地、天气、自然生死搏斗，甚至呕心沥血，我们还能抱怨什么呢？认命，这是唯一的安慰自己的理由。当初，小家碧玉的祖母把上学的机会给了父亲，可惜父亲错过了，没有看到知识的力量。他把吃饭的事看得比识字重要。居然当天就从学堂跑回家了，这一逃避，代价是一生的疼痛。

姐姐们，特别是二姐，我知道和水芹有何区别。水芹，其实到最后也没有把书念完，包括水芹的姐妹们，在强大的生活课面前，一起“孔雀东南飞”。不得不飞走的还有二姐。我承认，在水芹事件上，我和村里的堂弟，是逼走姐姐们的凶手。所以，沿着乡间的阡陌，寻找水芹，成为我们想念姐姐的唯一方式。

人，真是奇怪的动物，充满着动物界最复杂最神秘莫测的谜。伴随着时间的拷打、社会的反复洗礼，人的本性已经消失殆尽，最初的面目已模糊不堪。我曾怀疑世界上鬼最难画，因为世人谁也没见过，这本身就是虚构的影像。实际上没有人见过的图像也是最好涂抹的。就是日日要见的芸芸众生，我恍然觉得是世间最难描绘的，人心难测，物欲横流。当下的人，似乎深陷于缺失和沦丧的境地，包括道德、原则、信仰、诚信和亲情等。

我无法回到最初的人类始祖时代，但我们从钻木取火、风餐露宿、茹毛饮血等词语中看到，当初的人类是与动物、植物在一起相互依靠的，是动物、植物们用自己的繁盛养活着人类。我敢说，很多植物、动物是人类的口中之餐，包括猪牛羊、枸杞、野蒜等，水芹也是其中之一。翻阅字典，你会清晰地看到，所有的关乎动物、植物的词条，总要写上可食用或者味道鲜美之词，这是明晃晃的对动物与植物的杀戮，充满着暴力和血腥。这也许是对文明的极大讽刺。人类社会的发展，本质上是破坏自然和改造自然的矛盾共同体。

现代社会，高速发展的经济、日益颠覆的价值观逐渐影响或者改变着人对事物的看法，比如水芹。水芹这种野草，跟我们经常吃的芹菜区别不大，其叶子、茎和高度均无异样，只不过一个是人工种植、陆生的，一个是野生、水生的。若再查阅《本草志》或者《本草纲目》之类的书，你会发现水芹有许多治疗人类疾病的功效。我曾在文字中写道，人类的诞生，保护神就是我们身边的植物们。形形色色来自人类自身的疾病，均能从这些极其卑贱不易被关注甚至铲除的野草身上，找到疗伤的良药。从皮肉到骨骼伤，从五脏六腑到精神、思想病，由表及里，由浅入深，无不一一呵护着。中草药，来自大地深处的处方，属于那些贴着地面行走的人。比如七星草，取汁液涂抹，水肿处可以消除；比如槐树种子，熬汤可以治疗痢疾；比如艾草，烧水洗澡可以驱赶蚊虫，防止感染各种传染病。很多农家的母亲，在生活考验的人生课堂上，她们自己就是出色的中医，用一代代传承下来的土方子，守护着家人的健康。

我清晰记得，对水芹的关注是从童年开始的。由于物质的充盈，人类的嘴巴早已远离了这些野草，他们把那尖尖的嘴巴对准了动物血肉、内脏和机器产出的膨化、烧烤食品。失去人类嘴巴关注的水芹，依旧没有逃脱其他动物的关注。旧时，我经常和村中的水芹姑娘们背一竹篮，在野地中打猪草，酢浆草、车前草、荠菜、水萍、水芹，都是我的囊中之物，都是猪、牛、羊等动物的三餐。好多年里，我就像一个刽子手般，在池塘边沟埂畔，对准一株株水芹、一丛丛水芹痛下杀手，我不知道水芹疼不疼。她的痛感我无法感触到，但来自我身体皮肤被划过的血淋淋的疼痛袭击着我幼小的心脏。我经常打量着篮中的野草、圈里的猪，我知道不久后的一天，它们都要在我眼前消失，化作几张纸币或者本子、笔，让我在字词和文章里认识和写下对它们的同情、爱怜和救赎。可气的是，猪们也知道反抗了，再给水芹之类的野草，它们拒绝下咽，开始瞄准饲料、添加剂和饭店抛下的泔水。这些胆大的猪，居然不怕什么瘦肉精、苏丹红、硫黄、滑石粉、避孕药，还有什么防腐剂，勇敢地过着和城市人一般的猪生活。水芹，居然走出了猪的视野。

读过王小波的《一只特立独行的猪》可知，猪如果与众不同，定然招人眼球，令人兴趣盎然。我想，我和堂弟两人，与那令人生厌的猪有何区别？堂弟叹息道，也许，我们还是吃人的猪呢！我愕然，转而释然。是的，我和堂弟都是吃人的猪。

堂弟姊妹七个，他是老小，水芹是他四姐。他还有五个姐姐，分别是海芹、美芹、丽芹、香芹和晓芹。堂弟说，自己就像那只圈养的猪，靠着几个同血缘的姐姐，用青春和生命的血液供养自己。堂弟从中学开始，猪式的生活就开始了。乡村门楣下，谁家能供养起七个人上学？所以让堂弟上学，成为海叔、婶娘唯一的选择。那把打猪草的刀，一下子就斩断了六个姐姐的学堂目光。农田、农活、农事，成为她们日子的主旋律，锅台、乡场和田野成为水芹们一生的水域。这种情况在乡村常见，乡间的日子，就是牺牲和被牺牲，换取家庭的延续和生存。一家人的希望往往悲哀地集中在一个人的身上，除此以外，还能有什么办法拯救？

堂弟考学不顺，中考落榜。全家蒙上一层厚厚的冰冻。海叔和婶娘作出了有史以来小村最为大胆的决定，派海芹外出打工。按照村里的习俗，穷死不打工，出门的日子艰涩。其时海芹刚好出嫁不到一年，被海叔毅然决然地召回，同时召回的还有海芹的丈夫。第二天一早，随着第一声鸡鸣，海芹和她的丈夫离开了家门。9月份开学，堂弟捧着海芹打工挣来的钱，如愿以偿地到了外地一所中学开始复读。

堂弟回忆往事，泪水总是不住地涌出来。一个人背负着一家人的希望，沉重；一个人背负着几个家庭的债，痛苦。对于农村人，考大学是一条不归路，只有前进，没有后退，不成功，也就无法成仁了。

高二那年，堂弟再次复读了。衰弱的身体加上营养不良，还有不分昼夜的学习，迫不得已，堂弟住进了医院，一住就是一学期。在医院，堂弟说他啥都不想，就是每天看着上方雪白的天花板，以空白阅读空白。墙是白的，病是白的，生命是白的，生活也是白的。唯一的红色，就是护士来给他吊水时从血脉里涌出的一滴或者几滴猩红的血，但转眼就给这弥漫的白色漂白了，淹没了。当堂弟从医院回到家时，二姐美芹、三姐丽芹去了南方那个叫东莞的地方，彼时在电子生产线上开始了异乡打工的生涯。二姐二十一岁，三姐二十岁。生存、生活与年龄无关，与命有关。

我和堂弟继续在一家小酒馆里喝着，我们似乎都醉了。短暂的相聚，相同的背景，促使我们不愿分开。堂弟说，前不久他读到小说《涂自强的个人悲伤》，三天里没有笑容，笑不起来。“涂自强”的悲伤，分明是我们这一代从农村出来的人的素描，是真实的写照。多少“涂自强”式的人，在人生奋斗的独木桥上，怀揣着希望，挣扎着，痛楚着，忍着常人无法忍受的磨难，直到生命最后一刻，才绝望离去。涂自强走了，他的离去，是一群涂自强人生奋斗的毁灭，让我们读到了悲观和无望。堂弟说，也许我是幸运的一个，结果并不是那么绝望和灰色。

堂弟考上大学时，喜讯接踵而来。二姐、三姐相继传来结婚的消息。多重喜悦让堂弟倍感兴奋。姐姐们能找个好归宿，做弟弟的再高兴不过了。大姐一家的倾情付出，已经把他们折磨得够艰难的了，他们至今还没有自己的房子，孩子也没有生一个，所有的精力都在打工挣钱，供养堂弟读书。然而堂弟没想到的是，二姐、三姐的婚事居然如此草率，对象是同一电子厂的工人，当天领过结婚证，第二天就进了工厂。据说对象一个家是贵州的，一个是云南的。堂弟打电话给二姐、三姐时，号啕大哭。海叔在屋子里抽着烟，婶子在墙角抹眼泪。堂弟听到母亲说了一句："这下好了，海芹负担轻些了，美芹、丽芹和对象也该分担些了。”泪如雨下。堂弟后来知道，姐姐们远嫁云南、贵州，是无奈的事，有谁愿意把自己从江南之地远嫁高原山区？为了供养堂弟，姐姐们赌了青春还有婚事甚至一生的幸福。

我在“草江湖”系列散文里多次写过，乡村人的日子，不叫生活，准确地说应该叫活命。培养出一个顶梁柱来，一家人才有希望活到老去。而乡村的女人们，就似那水边野生野长的水芹，一簇簇，一片片，在日子的罅隙里，随时准备付出、牺牲。她们的人生在家庭中，而不是把握在自己手中。每次回老家，我总要习惯性地去田野里看看，看满湖的野草疯长，看满湖的野草枯黄。这些自生自灭的野草，有些继续成为餐桌上的粮食，走进我们的胃部；有些继续成为猪们羊们的口福；还有一些在人迹罕至的地方，孤芳自赏。无论她们以何种方式存在，只要春风一到，在大地的呼唤中，漫山遍野又是一片青翠。溪水边或者池塘前，水芹会滋滋滋地从水底冒出来，稚嫩青葱，惹人怜爱。

我在北方一所中专学校读书时，接到父亲的电话，二姐去远方打工。和众多水芹般的姐姐们，一起飞向了南方，同去的还有堂弟剩下的三个姐姐。我只有无语，土里刨食的农人怎么应对得了城市的生活？怎么应付得了脱离泥土的生活？即使一亩地撒上两亩的汗水，长出的还是一亩地的麦子或者稻谷。生活，不是靠拼命能解决问题的。我理解二姐的心事。农村的稼穑之事，岂是一个乡村少女所能支撑得起的？只是，识字不多的二姐，怎么应付那南方多雨的天气和无数小蝌蚪般的中国汉字啊！好在第二年我毕业回到了小镇工作。二姐也从南方平安地回来了。回来后的二姐，继续着水芹般的生活，然后结婚嫁人过日子。

堂弟说，还好，我们都没有成为作家小说中的“涂自强”。堂弟大学毕业后，留在国内一线城市的建筑设计院，高额的工资，把一个家逐渐支撑起来，在城市中央拥有了自己的住房，成家立业了。这是我们泥土里长大的孩子最高的丰碑。现在，堂弟这次回老家，就是要把海叔带走，婶娘早已故去了。留在故乡或者记忆中的只有这衰败的破旧的茅草屋了，还有村外那一池野生的水芹。那些水芹般的姐姐们当年均远嫁他乡，成为现实中的七仙女。堂弟一脸哀伤，姐姐们过得好吗？唯有梦里相见，或许一生也难以相见。

我们继续喝着酒，咀嚼着这些乡土上生长的朴素的音符，昼夜敲打在我们日益生茧的心鼓上，在灯红酒绿、醉生梦死的背后，还有一丝苦涩和温情，让我们沿着弯弯的阡陌，回到老家，回到水芹的身边，看她们守候在家乡的水边，朴素生长，看云看风看天气，长叶抽枝开花，然后在秋风秋雨中枯黄老去。

水绵

水域深处的温暖

对于汉字，我是充满异样的解读与构建的。如棉花的棉、水绵的绵，棉或者绵，以树的形式或以水的形象，存在于外部生命。这些充满多种解释和可能、质感与温度的字，给我们这些从泥土里站立的生命一层保佑与庇护。我要说的是一种叫“水绵”的水草。这个水草给我的第一感觉是，这个水中的精灵，注定是有故事的人，在岸上就是棉花，在水下就是水绵。水绵，从音符看，似乎水里隐藏着温暖，这一诠释，水就有了灵气与温情。原本冬季结冰夏季凉爽的水，有了生命，有了体恤。水绵，她在暗中保存着那份绿与温度，恪守初心。

这个杂草实在不简单。我不知道她的名字是如何得来的。水绵，又名石衣、水衣、水苔、石发、陟厘、侧梨、水青苔。我个人觉得颇有意蕴的是“石衣”这个别名。水绵，果真是来自水域深处的一件绿棉衣？她的名字里居然有“石”字？石衣，该不会是石头的衣裳吧？如果是一件庇佑温暖的衣裳，为什么一定要盖在石头身上？坚硬与柔软，居然走到一起，百炼钢化作绕指柔？这样一说，那石头似乎就不再是石头了。谜底迎刃而解，当我路过一处方塘时。假山、石块累积的方塘，人们蓄意模拟自然界的水域，给大地一些灵动与滋润。原本干净透彻、静影沉璧，阳光照彻时滋啦啦地抵达水底沙石，偶然迷失于此方塘的观赏鱼，成为唯一的水晶宫主人，最守信用的客人就是阳光，准时赴约。这样平静的日子却有一天被打破了。不知何时，从水底石头的四周，开始冒出一丝丝一缕缕碧绿，软软的，绵绵的，随水波舞蹈。俄顷，形成绿意的小树林，密布在石头的周围，有的绿丝疯长，宛如飘飘长发，轻抚着沉思的石头。石衣，石衣，不正是石头的衣裳？只是，这些水绵为什么一定要从石头底下长出来？

我又围着方塘四周逡巡一番，有意思的是，在许多石块的周围，聚集着无数的飘动的水绵，从水底伸出碧绿的小手，在发言还是在托起什么。

石衣的名字起得真是绝妙。一个“衣”字，石头活了，从千锤百炼的深山里走出来，从禁锢千年的世界里敞开心扉，迎接阳光，迎接诗意，迎接石头开花的每一个日子。而水绵，多情了，怀揣着满腹碧绿的心事，昼夜与石头窃窃私语，内心涌动的深情弥漫开来，滋润着每一个绿意盎然的日子。

水绵的老家是乡村。城市的孔隙里，生长的是喧嚣和人群，是灯红酒绿，是舞影迷离。在远离城市的乡村，是一方深潭或者古井，恪守着日子的宁静与幽远。水绵是泼皮的，不讲究高山还是洼地，只要有一点积水或者潮湿的地址，她就会在大地上铺展开生命的绿意。不管你是讨厌她还是漠视她，她依然故我，我生长故我存在。这一景致，把乡村的野性和活力淋漓尽致地呈现出来。如果你有幸漫步在江南水乡，你就会被遍地的水绵震惊。潮湿的石头缝，浅显的水渠，或是一方阔大的水塘，总有那碧绿的背影。

水绵也不是天生就对城市拒绝，都是大地的一部分，谁能对大地有所抱怨？谁不羡慕城市的繁华？水绵也不例外。只要有合适的生长机会，她就会使命般潜入，时刻冒着被碾压的危险。不幸的是，水绵抵达的地方，总是险象环生，不是黑水的护城河，就是年久失修的下水道，一片碧绿穿过河流后，只有漆黑的一团。水绵还是喜欢乡村。乡村沟渠、清潭、溪流、河道，每一处都是水绵的家。干净的水域是水绵最好的家园。这也许就是宿命。水绵属于乡村，她的温暖庇佑的是村庄和暗夜里沉默的石头，还有村庄里劳作的人们。

翻阅植物读本，或者查阅科学典籍，你还会发现她与人类是同呼吸的。给她一片阳光，她可以给你合成湿漉漉的氧气。光合作用的植物，在水底打开生命的呼吸，呵护着大地上以土为生的人们。有时我们颇为世间的生灵而惊诧，大地上的万千物种，每个事物都有她自己的位置，以一种你想不到的细腻与深远与人类比邻。可是，忙碌的人们，谁能走进这些卑微的植物内心？

不管你如何解读水绵的诗意，她还是时刻为人类从水底送上来浓郁的氧气，还是装点着荒芜的大地。那些居于岸上的人，给了水绵一顶粗鲁的帽子：杂草。杂草，言外之意，就是祸害，是人们讨厌的家伙。从大地上站起的人，似乎忘记来时的路了。人类这一态度，已经不单是对水绵的态度，更是对大地上众多野草的一种践踏与蹂躏，是一种抛弃祖先的背叛与傲慢。

城市的阳台，每一名贵的花卉，一直到街道上行色匆匆的过客，谁的身上没有烙印着杂草的胎记？不正是这些最低级最旺盛的杂草，从蛮荒的空间里，沾着历史的水质，吐纳生命的氧气，孕育万物？与草比邻，人类才得以繁衍生存下去。人，也是一棵会移动的杂草。

水绵，无愧于她的名字，在最冷酷的水底保持着人世间不变的温暖。纵然被冷落或遗忘，她还是始终在阳光下的荷塘里，抱着石头取暖，守候，不问生死，吐故纳新，保持最初青枝绿叶的情怀。

我曾到过西双版纳和大理山区，那里的人们视水绵为命，曾经仰仗着水绵，抚慰生命的饥荒，喂养生命。他们的身上拥有水绵经历的传奇。他们的纯朴，他们的憨厚，还有他们温暖的笑容，我们仿佛看到水底那簇水绵的模样，他们从内心吐出绵绵情思，穿过都市的丛林，用温暖迎接冷酷，用碧绿面对炎凉。更加让人惊奇的是，他们爱水绵，他们从水中捞起水绵，洗净，在阳光下晒干，做成水绵食品或者绿色粮食，当作生活的食品，分发到世界各地去。这哪里是分发食品？这分明是把温暖分散到各地，传递阳光，传递温暖。这是水绵最好的再生。那些视水绵为杂草的食客，在大快朵颐的时刻，品咂到一股寒意。

乡村是水绵的天堂。是否这里有宿命的因素？一个乡村女子对应着一棵野草。乡村文化，说到底就是草文化。草垛、草房、草地、草纸、草民、薅草、晒草、打猪草等等，无不与草有关，草生活，草的命，命的草。农人千古以来，就是草民，说的还是很贴切的。他们的人生四季，与一棵草或者一株庄稼一般，从春到冬，由青转黄，这一生就过去了，化作尘埃，继续与草为伍。生下来，一把麦草，养活日子；死后，一把荒草，点燃送去西天。草是他们的镜像与图腾，大地则是最后的归宿与家园。

农人对待子女，如同对待水底的水绵，随意。他们像野草般好活就行，诸如水芹、水绵、黄花、蒲公英、灯笼草、狗牙根、燕麦等都会成为孩子的乳名。如果你回到这样的乡村，站在村口一声吆喝，水绵或者水芹之类，准保有许多女子走出灶台，应和着头上、身上沾着的枝枝叶叶。她们就是水渠或者沟涧里泼皮的水绵。乡间无数泼皮的妹妹们，在农具照看下的田野里恣意生长，随风任雨。

我回望过无数水绵的妹妹们，审视过她们在村庄走过的路程。她们质朴，缄默，不甚多言，最显著的表情就是莞尔一笑，或者淡淡飘过。地球的重心，也无法吸引她们对家园的情怀。为娘，为爹，或者为了身旁的弟弟妹妹，终日劳作在田间、灶台，风来了挡风，雨来了挡雨，雪落下来了，就把瘦弱的身体凝结成一把柴火，供一家人取暖。等到云开日出，等到花开遍地，栖息在她们身旁的是错过青春的季节，是晚秋的花朵，是明日的天涯。

我格外尊敬我这些水绵似的妹妹们，亲眼目睹过一群水绵，如何挤干内心的碧绿，甚至血与汗，供养弟弟上大学。凄苦的日子、破落的草房，还有瘦弱的炊烟，这些都没有耗尽那内心的滋润，在看不到阳光的黑暗中摸索，向上。她们的肩上，正承载着春天的担子。在老家，我与她们交谈过，姊妹七个，至今仍流浪南方，在生产线上忙碌着，而家与婚事都在肩上那沉重的壳里。她们说，等弟弟大学毕业再考虑个人的婚事。

撕裂。瞬间。内心的坍塌。我也有水绵一样的姐姐，在南方打工的姐姐，供养我直到我大学毕业的姐姐，她们从自身的枯瘦里呈现出蓬勃的绿意。越是逆境，越是享受不到阳光的角落里，越是伸展出春的手臂，吐气若兰。有谁去体味她们内心的春花秋月？有谁会去倾听碧绿的心事？

水绵！水绵！我乡村的好姐妹，至今仍湿漉漉地站在村庄的河岸上，缄默不语。

我不能不说说苔藓。苔藓，又叫“青苔”，水绵的陆地亲戚。水绵妹妹从水底走出来，上了岸就不再是水绵了，而是苔藓。水绵是在水底深处倾听大海大江的心事，而青苔则在广袤的大地上，在裸露的石壁上，或在潮湿的森林和沼泽地里谛听时间与落叶的声音，凝视枯黄的叶子一枚枚堆满光阴的尘埃。

少年枯坐在光阴里，审视屋檐下的青苔是一道景致。

匍匐的植物，贴着地面的植物，从乡间茅草苫的房屋上，沿着陈旧枯黄的麦草，在淅沥的暮雨里蔓延开来，不久，你就会发现一行行绿色的植物沿着天雨的脚步快步赶上去，使乡村夜雨的黑深邃了几许。

颓废的少年之季，我乍见青苔，一眼恰如千年，破碎、幽邃的悲凉还有灰色的人生瞬间席卷过来。那时我十五六岁，不识愁滋味的时光，却在乡间低矮的屋檐下、泥泞的阡陌上和父辈弯下去的脊背上，看到了苔藓的隐喻。无声的呼喊，一声声，扯破了我少年的行囊。

我和苔藓不同，无法与她媲美。在她的空间里，潮湿的空气、湿润的泥土，黑的树干和静寂的角落，这是一方独特幽深的境地了。无人打扰，无人喧哗，更无浮躁的声响。似乎与阡陌间的农人相似，暗藏一份坚韧的心思，在阡陌或者山崖还有古老的树木枝丫间蜿蜒，或枯萎或碧绿，都在这静寂的天地间了。

无论水绵还是苔藓，我都没有勇气面对，这是阳光照彻的植物。我喜欢在昏黑的屋内看着灶间的灶王爷，猜测神性的咒语与隐言，那张牙舞爪、凶神恶煞的模样，加深了灶下柴火的沉重与光亮。我情愿把目光投向泥土的墙壁、喑哑的农具甚至横梁上残缺不堪的大字“福禄寿喜财”。这是属于民间的密语。古铜色的木棒映衬着猩红的字样，那个摸着山羊胡子的秀才似乎又从时光的阴影里走来。

唯一相同的是，我和水绵、苔藓都陷在时间的深处，只不过一个是绿，一个是灰。

《青苔赋》云："背阳就阴，违喧处静。不根不蒂，无华无影。"这是沉静下来的文字，是读懂苔藓的字脚。苔藓，一粒粒一枚枚，密密麻麻，铺就时间的足迹。当我们在屋檐下、芭蕉树旁抑或指头上数着日子时，苔藓就会无声无息地席卷过来。汲取着时间的元素、重量，与阴影里的人对视着。

我庆幸与青苔的相遇，百回千转之后，深深惊诧于苔藓的隐语。轻轻一瞥，那深入心扉的凉意立刻在古老与幽深里荡开涟漪，漾起的皱纹化作深深浅浅的碧绿，一路逶迤着。我感觉苔藓与我是相通的，哪怕是一声浅浅的呼喊，就可满身的碧绿。可我怎能与之媲美？纵披一身绿意，又怎能深藏千年万载的光阴？谁能从沉重的时间里返青？谁能在干枯的日子里保持鲜嫩？

团簇的苔藓，负重的苔藓，主宰着脚下的一方水土，恪守着最后的水分与孕育，守卫那一抹绿……

我在城市的一隅再次见到青苔，是在微小的盆景里，青苔匍匐在一小撮花土上，成为风景。身旁，是车水马龙，是人海茫茫，是水泥森林，是尾气噪音，是越来越冷漠荒凉的现代化。回忆曾经铺满青苔的乡路，沿着苔藓远行的，终有一天还会回到她身旁，回来老家，回到碧绿的本身。如果我们丢失了她，沿着水泥、钢铁的路面，我们是否还会找到归来的路？我们是否还会保持着最初的水分，保持着青枝绿叶的模样？

水绵、苔藓，在最谦卑的低处，谛听大地深处那团温暖与光亮，守着原始的绿与幽，护着偌大的静与无穷的远。

红蓼

刮骨疗伤般的妖与艳

海德格尔说，每个人都是大地的一部分。以红蓼来说，她只不过是大地上一块站立的土地；以母亲来说，她只是平原上一株移动的庄稼，随时都有可能如红蓼般，从泥土上站起来，淬火四季，然后又回到平原深处。母亲与红蓼不同之处在于：红蓼走后，留下种子和宿根，继续守卫大地以及大地上方的天空；母亲走后，村庄以及老家的庭院会留下偌大的空白，永远寂寥与空荡。海德格尔的话还有一层含义，那就是不管动物植物还是人类，都是大地的组成，是命运的共同体，互相依靠，互为生存的条件，必须学会尊重、平等，失去谁都会走向极端的方向。人类审视植物、动物，称其为动植物；反之，动植物审视人类，说不定也会称呼人类为能说话的怪物。不得而知。

纵深。这是我面对平原于瞬间想到的词语。这不是战略的术语，不是我一贯所说的最没有战略纵深的最叫嚣的倭国——日本，但是倭人玩起阴谋诡计还是很阴险的。平原，缺乏纵深。缺乏纵深，是否意味着在艺术、历史等方面有所欠缺？我偶然与生活在云南丽江的文友闲聊起纵深的故事。丽江，得天独厚，幽深的历史和遮蔽的生活，使得日子深邃得很。没解开的一丝一缕，都充满着无限的神秘与奇异，吸引着天南海北乃至全球人的目光。一个字形容丽江，"深"——深不见底，深不可测，深藏不露。我羡慕丽江的人文的厚重与历史的古老。友人笑道，难道居于平原的人，就没有沟沟壑壑，深深邃邃？我把视角转向平原。

我生活的平原，算得上是平淡中的平淡的平原。深邃的历史或者古老的建筑或者不朽的人文，于我，于故乡都是痴心妄想。平原，除了土就是地。站在大地上，整个平原一览无余，辽阔的地平面，低垂的天幕，稍微有点波折与起伏的是黑黝黝的树林、灌木丛，簇拥在一起的村庄和高高低低的坟墓。说到坟墓，这是平原人家对待自己离去的方式，土葬。生于泥土，只会在泥土中获得安静。入土为安，一直是平原人家信守的教条。平淡或者绚丽的一生，最后留在平原上的，就是一个倒扣的大瓷碗，它成为村庄的高度，成为云游的人找到故乡的地址。平原的人，面对坟墓，日子有了沉重与悲伤，有了怀念与远行。平原的人把这些大地耸起的疙瘩视为怀念的庙宇，在这里，把祈祷、祝愿还有日子的坎坎坷坷都予以诉说，这似乎成为矗立在平原人内心深处的大教堂，每一位前来祭祀的人都是她忠诚的教徒，一切拯救与赎罪的心事都在神与鬼的冥冥中得到释然。这是平原人家最后的归宿，也是平原唯一充满神秘与哲学意味的图景。除此，坦荡如砥的平原就这样很平庸地躺在星空下。沉睡还是沉寂？谁也不知道。友人说，你再审视下？我把目光透过村庄，透过升起的炊烟，还有举着牧羊鞭吆喝的暮归者，一瞬间，还真的有所发现。除了庄稼之外，大地上，匍匐在平原上的唯有两种植物，一是村庄的人群，一是无数无名有名的草族，漫天盖地地从四野涌上来，涌向羊群、牛群和村庄，似乎要淹没了村子。

在这逶迤而来的、群魔乱舞的草群中，在辽阔的平原之上，我赫然看到了红蓼。一株株、一丛丛、一片片闪着红光，倔强着站立的红蓼，在草丛中茕茕孑立。浅浅浮生，蓦然回首，平原上遍布生长的红蓼，在百草丛中，居然与母亲有关，与性命有关，与整个村庄有关。

我喜欢称红蓼为游龙。“游龙”是红蓼的另一种叫法。《诗经·郑风·山有扶苏》中云：“山有乔松，隰有游龙，不见子充，乃见狡童。”东汉郑玄说，因为蓼花“枝叶之放纵”，所以叫游龙。古代也称红蕈、茏古等，因其花呈红色，故名红蓼。而《群芳谱》载，“蓼花其类甚多”，有青蓼、香蓼、紫蓼、赤蓼、马蓼、水蓼、木蓼、天蓼、白蓼诸种，尤以马蓼、天蓼最美。“秋始花，花开而细，长二寸，枝枝下垂，色粉红可观，水边甚多，故又名水洪花（或水红花）。”

游龙初见不识。逢夏秋，常见一丛丛野草从地里冒出，蓬勃旺盛，卧地舒枝，扶风扬穗，渐渐生青枝绿叶，继而红花怒放。穗状花序，玫瑰粉红之色，远观红艳一片，犹如一束束擎向苍穹的火炬。其他杂花野草铺陈其间，左右衬托，诗意地生长在大地上。

读《楚辞芳草谱》，知“蓼生水泽”。游龙多生于湿地、水边或水中，大江南北，凡有水或者潮湿的地域总有游龙的生长。人类应惊诧于这些所谓草类的神奇。多年不长植物的泥土，一旦给予水分，你就会发现，春天时分，总会冒出绿，三两野草悄悄地探出头来，打探消息般。不久则绿遍山野。生命的泼辣与坚韧，我估计是人类怎么也无法理解的。游龙亦是如此。沟沟涧涧，水渠溪边，总会生长着一丛丛游龙。谁也不知道她从何而来，如何落生，又是如何生长。虫媒？风媒？还是暗藏于泥土千年，只待时机一到，水红的花束便滋滋滋地冒出来？那个惊艳，成为平原上不可缺席的美景。甚为奇特的是游龙这草花，一生多次开花，第一次花期后，每长高一节，便开花一次，每开一次花，都要抽出新的花穗，少的两穗，多的三穗以上，每穗有若干比高粱米粒还小的花朵，每朵花有瓣五片，簇拥几根细如发丝的花蕊。游龙远观，花朵都是麦穗般低垂，极其漫漶，无法辨别其花朵、花蕊。只有托起来细看，方可辨出哪是花蕾，哪是花朵，哪是花粒。没想到一年四季的春华秋实，居然全部凝聚在游龙这一束束红艳之中。

渡口或者水泽，从《诗经》《楚辞》里生长出的诗意的地址，充满着审美中浓郁的忧愁与别离。审视游龙的秉性，似乎天生与此有关。“蔟蔟复悠悠，年年拂漫流。差池伴黄菊，冷淡过清秋。晚带鸣虫急，寒藏宿鹭愁。故溪归不得，凭仗系渔舟。”（郑谷《蓼花》）我亲眼目睹过深秋时令河边游龙独立的情景。一到深秋，百花凋残，游龙也伴随着枯萎的叶子，渐渐从草丛间开始显山露水，原本一身的碧绿与葱茏，此际，唯有霜后如血的花穗，还有充满无限骨感的花枝。游龙的枝节，见过的人都会有种心疼的感触。她手臂般的枝节，黄褐色，瘦弱充满全身，然骨节处，却万般坚韧与铮铮。越是瘦，就越是显露出其精神来。每当这时，我总会恍惚，游龙这般野草，是从大地深处伸出拔高的枯瘦的手臂，是擎着花朵、火焰，还是大地内心的隐喻？到最后寒霜迫近，她索性褪去繁杂，用骨与血裸现。而在残阳如血的照耀中，半江萧瑟半江血色，流向远方，只落个“到如今，西风吹断回文锦。羡他一对，鸳鸯飞去，残梦蓼花深”（杨果《越调·小桃红·采莲女》）。

我要说说我母亲的事。这红蓼般的平原女人，似乎天生就是与植物为伍的，用泥土与雨水甚至经典的节气喂养生命的日历。她与红蓼一样，把生命的根须始终扎在大地上，生在乡间，活在乡间，整日围绕在身边的不是花花草草，就是庄稼农具。每一天都是花开，每一天都是红艳。大地是生命的圆心。沉默、欢笑、忧郁、轻松、伤心、号啕大哭甚至浪漫，这些风味都有过，更多的是长在乡间的植物，贴着地面生长。

我曾对红蓼尝试作深入的了解。这泼皮的野草，一个“野”字，既有生命的无限活力与自然，也包裹着出生的卑贱与苦涩。有一种生长叫自生自灭，我不知道，这是生长的幸福还是一种莫大的悲哀？生命的一切全是靠着天赐予，阳光、雨水、冰雹还有风暴，倾注在一株偶然落生的红蓼身上。她不知道从泥土钻出的瞬间是生还是死，也不清楚在何时落生，更不会有喝彩的掌声。一切都在默默中生死，在无言里搏斗。大地是最好的依托，从泥土的深处，汲取养料，长出倔强的充满骨感的枝叶，沐风栉雨。红蓼唯一的要求就是，请给我水。溪流、湖泊甚至海洋，都需要，给她一片水域，她能红遍整个岸线。所以，乡间的红蓼，总是沿着河岸或者渡口落生。在一个看不见水流的深处，蜿蜒着根须。我知道，拔高的红蓼啊，充满骨质的身材，血液里滚动的是河流的浪花，是河流的涛声，是河流的气魄。沿着深不见底的水系，红蓼河流样地生长，高大、茂盛、叶绿且花密红艳……

我思忖着红蓼和红蓼般的母亲。乡村里的女人内心一定生长着一个草原。在那无尽的草原上，各种草木随着节气一个个冒出来，成为母亲手心里的宝。红蓼，绽开的粉红花朵给我烙下深刻的印象。母亲在这些卑贱的草草木木身上，把一种地下的崇高提高到极致。从红蓼的身上，我看到了生命也是草根的，和红蓼以及其他植物没什么不一样。如果我们仔细打量红蓼的花姿，就会看到那骨质的枝干上，涌动着红色的液体，那是生命的血脉，是滋养人类的精血。

从头到脚，我浑身上下弥漫着红蓼的味道。头上起疮了，母亲会把不知从何处采来的红蓼置于铁锅里煎熬，把汁液沐浴在我的头顶。脚肿了，扭伤了，母亲也是如法炮制，不久也痊愈了。一把红蓼，在母亲手中成了包治百病的神药。在幼年的记忆中，我感觉母亲是位传奇的民间医生。母亲，没有一点儿医学的素养，甚至目不识丁，怎么会了解旷野里这些千奇百怪的花草呢？株株普通的卑微的草木，却能化腐朽为神奇。是红蓼与母亲的契合，还是宿命？

命如草木。确实，谁也无法否定这些草木居然与生命相依。看似高贵的生命体，她的上游是红蓼等草木。人，草，活着都是一条生命，还分贵贱？我还想说的是，也许真的有这么一种劫：人与植物本来就是一个整体，只是人为地分开，并分出三六九等。人类对植物的掠夺、侵占，拔高了人。可人怎么就没想过，是草类在为他们刮骨疗伤？人类给草类以蔑视、侮辱甚至毁灭，草类却给人以花朵、芳香甚至良药。大地上的植物们啊，红蓼，当然也应包括人，都是可贵的生命。尊重生命，尊重自然，这是我们应遵守的不二法则。

我曾纳闷，问母亲，您怎么懂得那么多的草药？母亲不屑一顾，丢给我一句：“穷人的命哪里是命？就是一棵草，草命草命，当然要草来医治了。”母亲戏说，其实我知道，在那贫穷的日子里，谁也无法掌控自己的命运，更多的是听天由命，抓紧一根救命的草——哪怕不是那根稻草！

“清贫的生存状态与神更接近。”我把目光再次投向岸边的红蓼，红硕的花朵，密布的米粒般，难道不是另一种意义上的粮食？喂养民间。越普通卑贱的植物，比如这红蓼，就越有普世的价值。我们小瞧不得。

从草根获得生命的人类，一转身就忘记了大地上这些野生野长、无声无息的草。红硕的花朵、米粒的心思都一朝消散在烟雨中，唯有河岸之上灯红酒绿的地方才是他们驻足流连的所在。可是蜜蜂们不这样想，养蜂的人不这样想。

一到夏天，河沿上红蓼花开了，养蜂人就来了。大堆大堆的蜂箱，沿着蜿蜒的河流，一路逶迤着。木质的风箱，黑色的洞口，还有养蜂人说的箱内黄色的蜜巢，以及河岸上到处飞舞的蜜蜂。在花朵之上，蜜蜂们忙进忙出，没有一刻闲着。这一幕让我不由自主地看到另一幅场景，乡场上，无数的农人赤裸着胸膛，在麦穗间忙碌着。从家到乡场，从乡场到野地，进进出出，出出进进，不辞劳苦。他们何尝不是另一群蜜蜂？谁会在意一只只渺小的蜜蜂？当然，谁会在意那些朴实卑贱的农人？蜜蜂与花朵最近，农人与土地最近，用一生的劳作换来大地的厚重以及生存的艰涩。

养蜂人在河岸上安置一顶帐篷，生活，做饭，睡觉。

蜜蜂们在离蜂箱不远的花丛中忙碌。一只或者一群蜜蜂在展开的花地中，吮吸着，然后鼓胀着肚子回到蜂房。有胆子大的蜜蜂会独自飞到很远的地方，停息在那怒放的花朵上。这些可爱的小蜜蜂们，为啥天生与花朵结下不解之缘？花开，就是它们出发的信号，凡有花开的地方，就是它们的牧场。蜜蜂对花朵是格外爱护的，轻盈的身子轻盈地飞，用纤细的脚落在花瓣上，里里外外把花朵抚摸个遍。我以为蜜蜂们是无数会飞翔的花朵，是花使者给出的人类无法解读的密码。谁能听到蜜蜂与花朵的私语？谁能破译动物与植物之间的约定？它们在各自的空间里恪守着光阴的嘱托。唯有愚蠢的人们，再尖锐的道德篱笆也阻挡不了人们罪恶的手掌。一朵朵红蓼或者其他花在人类的手下夭折了，花瓣在风中化为尘埃。更有好奇者居然去惹蜜蜂这弱小的生命。我以为人类心里是有阴暗面的，总喜欢欺负弱小者。如果不是蜜蜂而是老虎，估计人们早就吓得屁滚尿流落荒而逃了。蜜蜂们，人类自认为可将其玩弄于股掌之上，对付它们还不是小菜一碟？我见过一好事者，拿着蒲扇，在蜂箱附近扑打一只只蜜蜂，谁也不知道，那只黑色的蜜蜂，居然是蜂王，一瞬间，不知道那些蜜蜂怎么得到信号的，蜂拥而来，扑向那个好事者，结果好事者面目全非。弱小者的反抗也是惊人的。这是生命的搏斗与捍卫。据说，凡是蛰过人的蜜蜂，不久后就会死去。

我时常到河岸上去看养蜂人，看天地间的花朵都归他拥有，都在他那千军万马般的蜜蜂控制下。当然也包括红蓼。红蓼似乎特别吸引蜜蜂。米粒般的花瓣上，好多蜜蜂忙上忙下。母亲说，幸好有了这些蜜蜂，否则的话，这些红蓼还有什么去处？红蓼似乎已经远远地抛开村庄、城镇了。更应该说，是人类远离了自然。物质膨胀的年代里，母亲会在夏季里继续采摘些红蓼，不为治病，是习惯使然。她总觉得，人类总有一天还会回到草根上，回到与草为邻的时代。一身是宝的红蓼，渐渐跃出人类的视野了。

养蜂人在河岸待一段时间后，卖蜜的声音就在四围响起来了。这些蜂蜜摆在蜂房附近，被兜售给来往的行人。这来自大自然的甜蜜，原生态的美食，却少有人问津。习惯了超市物品的大人孩子，谁还在意这纯天然的蜂蜜？每当这时，母亲总会对我说，去买一些回来。养蜂人养家糊口不容易，一家老小，都在这小小的蜜蜂嘴上了，到处行走。母亲说，这蜂蜜里还有红蓼的味道。我知道这是母亲红蓼的情结使然，母亲在心疼红蓼呢。

冬天清理河床时，母亲伤感了一番，甚至老泪纵横。到了冬天，枯败的红蓼枝被人扔到河岸上，老去的红蓼像细细的藕，如果撕去外面的皮，你会惊奇地发现，被榨尽蜜与养料的红蓼，酷似一节一节的骨头，泛白的骨头掰开，还会发现一丝丝血色。母亲见了，倍加难过，这都是命啊！哀叹连连。这曾经医治伤口、活血舒筋甚至疏通血管的草，只落个横尸荒野的境地。这是红蓼的悲哀，何尝不是人类的哀伤？谁看见曾经的红蓼在风中绽放？

养蜂人走后，躺在河岸上的衰败的红蓼，被清洁工一把扫进篝火中，在通红的火光中，传来辣鼻呛人的气味，让人喷嚏连连，眼冒金花。然红蓼就是红蓼，天生野性，来年夏天，沿着河岸，定又是一番繁花似锦、蝶舞蜂飞！

萍

无边行走的飘零客

大地上所有的植物，都是人类在世间的投影或者镜像。

萍是众多水草中的一种。《说文解字》中记载：“萍，苹也，水草也。”一种与水注定血脉相连的植物，注定毕生要有漂泊感、沧桑感以及凄凉感。子曰：“逝者如斯夫。”一切事物在水之洗礼下，都将纤毫毕现。萍也如此，在流水的旅途中发现自己、诠释自己和超越自己。

萍是让人心动的植物，从《诗经》开始：“于以采蘋？南涧之滨。于以采藻？于彼行潦。”蘋就是现在的萍。曹操《短歌行》中说“呦呦鹿鸣，食野之苹。我有嘉宾，鼓瑟吹笙。”晚唐温庭筠《忆江南》：“梳洗罢，独倚望江楼。过尽千帆皆不是，斜晖脉脉水悠悠，肠断白苹洲。”萍不过是一种水生的植物，轻盈柔弱的身躯上，居然载着万众情愫和无数史册中模糊的背影。

到底是什么原因折服文人墨客的情怀？是那深邃的紫光？据《本草纲目》记载，“苹，叶浮水面，根连水底，其茎细于莼莕，其叶大如指顶，面青背紫”，故称紫萍。紫色是高贵的符号，这种低到水面的水草，随时都有消失的危险的水草，高在何处？又贵在何处？一生短暂的停留只在乡间的沟渠池塘里，直至消失。谁也不知道你的去处，也不知道你流到何方。但是每一个岸上的旅者，都会在你绿意盈盈的隐语里，沿着水流，奔赴远方的海。

我曾查阅过关于萍的身世，看着任其漂泊的无为，恍惚于其中。这是植物生命行走的方式，还是迫不得已的抉择？每到雨季，走沟渠，下溪流，无数的幼萍从上游滑行下来，涌动的起伏、无言的行走还有全身布满的绿意，在雨水打湿的鲜嫩中，逐渐远去。密密麻麻，聚聚散散，停停走走，手牵着手，激流处有片刻的分散，而后又会汇聚在一起继续漂流。

我惊诧于自己的发现，翻阅资料，我发现萍是有根的，根在叶上，根走叶随。浮在水面的萍，在流水的行进中，长出细长的根须。或许本来是要扎根泥土的，长出一丛丛碧绿来。可是响应水或者其他事物的召唤，带着使命出发了。行色匆匆，就把根安在背上吧，一叶浮萍归大海，人生何处不相逢？何处不是归程？有水的地方，就有生命，有泥土的地方就有生活。

“我抛弃了所有的忧伤与疑虑，去追逐那无家的潮水，因为那永恒的异乡人在召唤我，他正沿着这条路走来。”经年，人们只见你在潮水中出发，却从没有发现你的归宿，只看到四处飘荡着你的身影，四处涌动着绿。古希腊一位先哲说过，植物的生命很完美，是因为她们有两种能力：一是她们本身含有生存必需的养料；二是她们的生命在生长发育、开花结果的过程中，存活的时间长，她们的后代又还原为她们，可谓生生不息。

萍，你是在以独特的漂泊，感知这个世界的冷与暖，见证世间的悲与喜吗？

萍是属于民间的植物，越是民间的植物就越能引发人类对这些卑贱植物的垂怜与敬重。植物在农人心中的分量是都市人无法体悟的。那些遍布乡间的植物，在各种药学经典里，哪一种不是治疗生命伤痛的药？好些植物至今仍插在农家的门楣上，例如艾草、香蒲等，成为精神世界的符号，驱毒辟邪，保佑平安健康。

萍也不例外，她外表冰冷，内心却充满赤色的忠贞。她与水相依，却与血相连。民间草药方上就赫然记载道，萍，具有止血消肿去毒等功效。人非草木，岂能知草木之情？一旦这些野生野长于民间的水草走进城市的药店，哪一种药不呼应着沉重的肉身？哪一种草不牵连着生命的血脉？

萍与其他草类一样，高到高贵处，没有哪一个生命不受到草药精髓的滋润与呵护；低到卑贱处，无数的草木都会成为猪、牛、羊甚至人类的口中之物。

萍，也是另一种意义上的水中粮食。曾经，陆地、水里的植物在农人眼中，都是万不得已才吃的粮食。生产力极其低下的日月，土地贫瘠，农作工具简陋，耕种收割庄稼纯乎靠力气，唯一庞大的“机器”是牛或者笨重的平板车。植物生长的力量来源于鸡鸭鹅或者农家的人工肥，地道的农人则会在寒冷的冬天挎着粪箕去田间地头马路阡陌上捡拾牲畜留下的粪便。种种努力都是为度过青黄不接的日子。赶上饥荒，农人就把肉体寄托在这种知名或者不知名的草类身上了。巴根草、灰灰菜、马龄菜、荠菜还有水芹菜、车前草等等，一起被赶到了农人的饭桌上，把脸色吃得与草色无异——绿。

我与萍的相识缘于猪、鸡的联络。萍是它们当时的食物来源之一。现在的猪、鸡，给它们粮食吃还嫌弃呢！它们有的是高级人工化学饲料，胃口大开，好吃好睡，瞬间长大。现在的猪、鸡等动物已不再是过去的它们了。那时的猪、鸡能吃上新鲜的萍已经是万幸了，更多的农人顾不上它们的饭食，随它们在乡间的树林里找食吃，饱一顿饥一顿。有怜悯心的农人则会在碎萍间搅拌些麦麸或者米糠之类，给它们增加点营养，当然，还不是为了那些肉和蛋？

捞萍喂猪，成为孩童时我们一项重要的生活功课。从学堂回来，首要任务是到乡间的沟渠里，用一种长柄的带丝网的器具去捞浮萍，鲜嫩、翠绿的萍带着浮生的根须，统统归拢于那器具里，水面上发出哗哗的细碎声。我担心那声响是萍的疼痛与呼喊。因为多少浮萍不久便消失了，取而代之的是牲畜的粪便，水面上留下大片大片的空白，白得刺眼，白得令人恐慌。苍凉的感觉瞬间从水面四围弥漫上来，身子有些麻木地痛。竹篮里装着带着水汽的萍一路小跑后，将之置于案板上，用笨拙的食刀锉断碾碎，放在猪食桶里，拌上一些米糠、麦麸之类的饲料，倒进猪食槽，等候猪们慵懒地食用。其实，它们早就迫不及待了。

当然，萍，人亦可食用，采摘嫩叶洗净烧汤炒吃即可。今人更多的是去医院购买萍，不是食用，而是用来治疗身体的伤口。纸醉金迷的日子终究抵不过草木的质地，大红大紫不过是过眼烟云，恐落个贫血、臃肿的肉身。

在草类眼中，人也不过是一株高过草类的植物。萍，在人眼中呢？有时候，人的举高让萍惶恐不安。

祭祀，简单地说，就是用某种特定的仪式，向神灵致敬和献礼，膜拜他。神灵有天、山、树、桥、佛像等万事万物，人们对神灵的归顺，可以跪拜叩头，可以焚香燃纸，但对神灵来说最实惠的祭祀方式还是献上祭品。祭祀的隆重与虔诚看重的是祭品。祭品也有三六九等，分为牲口祭、人祭和血祭等。乡间采用牲口祭，这是农人对逝去的先人的祭奠方式。《诗经·国风·召南·采蘋》曰：

于以采蘋？南涧之滨。

于以采藻？于彼行潦。

于以盛之？维筐及筥。

于以湘之？维锜及釜。

于以奠之？宗室牖下。

谁其尸之？有齐季女。

可知在很古的时候就以萍作为祭奠品了。这看起来虚浮与轻渺的水草，何德何能，竟跃居神灵的位置，享受贡品带来的荣光？古人祭祀，当初是如何想到草之江湖中不显眼、颠沛潦倒的萍的？有根也似无根的萍，随波逐流的萍，转瞬即逝、无法把握自己命运与未来的植物，如何抵达被崇拜的位置？

这是谜。历史不可推倒重新来过。我深为古人的思想所折服。采萍于祭祀，行走在水波卷涌的岸边，这是何等的大气与壮观。这是接通地气的祭祀，拥有着无限滋润生命的水泽。在古人看来，水边正是祭祀的佳境，萍是生命的象征，而水则是一切生命繁衍的始端，吟唱水草萍，不正是对生命的敬祭？由此也可见当初人类的认识有限，对生命中来自天灾人祸的恐惧，使得他们想到祭祀与祈祷。他们认为生命如这萍草，有水，就会碧绿、鲜嫩，生生不息。

当然，也有可能人类在由蛮荒向文明过渡的迁移中，经历千回百转，历经迂回坎坷，如萍飘蓬转，因而渴望安定的生活，遂沿河祭祀，希望萍带走他们的颠沛流离、四海漂泊。萍，水中的草，半截沧桑半截苍凉。人的一生，从最初的起点开始，到头来又会回到最初的终点。那一河萍的倒影，不正是他们在岁月中的镜像？注定叶落归根。

吉普赛人式的萍是负重的植物，身上载着神性的光辉以及生命的光亮，从一个漂泊到另一个漂泊。雨季来临的时刻，是萍上路的季节，沿着来自天边的雨水向天边追逐，漂泊的旅程美丽而又充满着无限凄美，还有一丝丝淡淡的哀伤。如果你驻足河边，在缓慢流动的河水里，会发现一片片凌乱的绿，细碎甚至荒芜，只剩下水茫茫的一片。更多的场景则是起伏的浮萍成为破碎的绿，绿得有点惨淡，杂乱无章，已看不出深浅。

萍是母性的。女人与草，有着千丝万缕的关系。大地上无数的野草只不过是乡村女子的倒影，每一株草的名字又何尝不是女性的名字？美人如草，这是《诗经》《楚辞》里走来的阳春白雪，而乡村的女子，则是下里巴人。她们卑微，匍匐在旷野，就像草根般，在泥土下承受日子的重量。乡村女子的名字，就像那漫山遍野的野草，多少女子，名字都在那些草叶上晃动着呢。草、蔻、兰等，成为跟随她们一生的音符。

萍，也是这样一种乡村的女子，青萍、紫萍、萍儿等，一丛丛一簇簇，挤挤挨挨地密布在乡村的沟渠河道，这儿一绿，那儿一青，蓬勃着村庄生活。萍也是位女人，有着女性的韧性与执着，和乡村女人有很多相通的秉性，出身卑微，一片阳光、几朝露珠，便从泥泞里弓起身子来，纤细的根须，稚嫩的叶子，朴素得不能再朴素，普通得不能再普通，像邻家丫头，扑在村庄的灶台旁，一日三餐，锅上灶下，守候爹娘。

我见过一群乡村的萍，七八个姐妹，整天在宁静的村落里叽叽喳喳，少女的气息充溢着小村。一朝这些萍儿接到爹娘的使命——为了给弟弟筹措复读的学费，便背着行囊，天亮之前出发，奔向远方，融入滚滚打工的潮流。她们有着青春的朝气，有着鲜嫩的枝叶、纤弱的根系，恰似她们于社会中苦涩的触摸与滚打。从这家电子厂到那家皮鞋厂，从那家缝纫厂到这家服装厂，一个接着一个寻找，一个接着一个漂泊。她们正是那些无法落根的浮萍，在社会的水域里独自漂流。没有花开，也就没有花落，更谈不上凋零的时分。

她们本来就没有把自己当作花，只是乡村随处可见、泼皮生长的野草。草命就是最卑微的命了，要围绕着村庄而绿而青而黄，直至枯萎。有个别出阁的姐妹，在漂泊的路上，找个另一半继续漂流，把幸福踩在脚下，把爹娘的目光背在肩上。她们用自己一生的花开花落、一生的碧绿去装点亲人的笑容家园的兴旺。

至今，还有如萍的乡村女子，一群群一簇簇，伸展着青春的枝叶，等候在车站、站台，等待漂流。

慈姑
水天堂里的救赎者

这再寻常不过的水生植物——慈姑，就是我在大地上日夜劳作沉默不语的亲人。“慈姑”二字，见字生义，涌动着生命的血脉与气息。慈，慈祥、慈悲、仁慈，这是一种较为直白与通俗的隐语，以老者的形象，饱尝人情世故、历经四季沧桑之后，呼唤生命个体对待生命个体的怜爱和悲悯；而姑，字面为亲人的辈分，实则有着黑暗中脐带般的无法割裂的情感和河流般的血液汹涌。念一声“慈姑”，凝视着这弱小的、稚嫩的、墨绿的植物，那种痛彻心扉或者无边无际的苍茫席卷过来，虽然明知她只是一种水生植物的符号而已，与亲人很远，与我们的血脉很远。

除了“慈姑”音符之外，她还有燕尾草、剪刀草、茨菰、藉姑、茨菇等缤纷陆离的名字，系泽泻科，慈姑属，已有三百多年的历史。药物学家李时珍在《本草纲目》里这样记载：“慈姑一根，岁产十二子，如慈姑之乳诸子，故以名之。”这十二颗胖乎乎的土豆兄弟，分明是慈姑十二个月的含辛茹苦，是她在四季里摇曳生姿、抗风抵雨的心血，岂是一个“慈”字能概括的？这分明是中国千千万万个母亲的背影。土生土长纯正的中国血统的母性植物，滋养着每一个人的血肉和骨头。

我是在瞬间被她击倒的。一种穿透大地和水域、肌肤和骨骼的绿色水波，准确地击碎我孱弱而敏感、忧郁而柔软的情愫。她既有着亲人般的撕心裂肺、扯筋断骨的疼痛，又有着植物生生死死无助轮回的哀恸，以及胡杨般九千年精魂不死的坚贞与恒远。她就是缠绕我经年、与我一同在村庄外寂寞生长的游子，是我多年不识的从未谋面的生死血亲。

我对“慈”字始终不能释怀，冥冥中她在水之中央，时刻等待着从《诗经》的岸边，揭开前世今生的真相。汪曾祺在《故乡的食物》中写道：“茨菰是我们生活中不可缺少的生命元素。”汪老直言，他小时候对慈姑没有好感。究其原因，是由于她的滋味。《花镜》谓：“至冬煮食，清香，但味微苦，不及凫茨（荸荠）。”荸荠味略甜，慈姑味略苦，风味相异，特色不同。直到汪老远离桑梓后，在京城的黄昏中才倍加想念故乡的慈姑。慈姑苦，乡情更苦。原来，这慈姑有着人生酸甜苦辣咸中的苦，年轻人喜欢甜，老年人更爱忆苦。让我们体验生活真谛，领悟生命意义的，竟然是一群水生的慈姑！我忽而对沈从文老先生吃慈姑时说慈姑格调比土豆高有了深刻的理解。想沈从文老先生一生辗转漂泊，颠沛流离，饱尝人生百味。他的苦，岂止是慈姑的苦涩、个人生命的苦涩，难道不也包含着一个时代一个国家崛起的艰辛？

我与慈姑初见于乡野一处偏僻的池塘。这乡村寻常见的池塘，总是这儿一群那儿一伙地冒出墨绿的慈姑来，泼皮，茁壮，又绿得滋润。她遍身碧绿的样子，带着湿漉漉的水汽，有着出水芙蓉的清爽与灵气，而焕发出的生命感，在碧水的润泽下，似乎漫漶整个池塘，甚至有些绿液沿着草色一路爬上岸。绿得恣意，绿得奔放。四瓣小白花，深黄的蕊，如杏或栗的球茎，还有夺人心魂的燕尾般的叶子，V字形尖头。一方是澄澈的水面，一方是无垠的苍穹，是终日仰望还是整日颔首？一切都在时间的静默之中。

慈姑的世界，已经不再是风情于水面的舞者或守望者了。周身碧绿的生长力量，带着水的温情，在水面之上的天空与水底之下的游鱼间，修炼成时间深处那潜滋暗长的思想者。在“江南可采莲，莲叶何田田”的清气中，已与莲、水芹、荸荠、莼菜、芡实、菱角、茭白一起位列仙班，那仙风道骨在草蔬中弥漫着，逶迤着。我与慈姑的相遇，似乎是命定的重逢，无言的质朴与肆意的生长，给人一种热流涌动的澎湃，却又有着天地有大美而不言的无穷尽。

你要是走近慈姑，端详着茎上不染纤尘的花瓣，那温润晶莹的黄蕊，从静谧里传递过来柔软、内敛和恬静，如蹁跹的彩蝶停栖在绿茎上，风过处，轻抚着你内心柔弱无力的疼。一瞬间，你也就沦落于水中慈姑的身旁了。

在江南的冬天，我几乎天天要与慈姑见面。超市、地摊上毛茸茸的慈姑，堆满主人的摊点，一副不谙世事、憨头憨脑的模样，让每一个顾客心动。当地人总要隔三差五地买上一些，做起江南风味的慈姑汤。然而我总不能够也不忍下手，从慈姑面前一晃而过，从不停下脚步。或是矫情，或是对慈姑的陌生，我从来没有吃过慈姑。我不敢想象，她在水底等待上近一年，在水底深处隐蔽地生长，就是为了人类的那一顿顿饕餮大餐。类似的感觉我在栖霞寺庙中遇到过。在南京千年古寺的餐厅里，当面食做成肉食的样子时，我始终无法举起那双轻便的筷子，我似乎看到了杀戮和血腥、弱肉和强食。在人与自然之间的生命课题上，我时常沦陷在生活就是对动物或者植物暴力杀戮的路上，我们肉身的活着，分明就是对他们的屠杀，一场没有硝烟和疼痛的屠杀。我在电影《狼图腾》里得知，草原上的人，死后不进行火葬或者土葬，实行天葬，就是把肉身用纯洁的白布裹好，置于广袤的草原上，让草原的风、雨、阳光、草群、鸟群和狼群等分化或者食之，直至剩下一堆白骨。草原的人说，生活在草原上的人对草和动物杀戮太重，现在把沉重的肉身还给草原，这也是一种轮回或赎罪吧。

江南人对水蔬尤其擅长烹饪。在冬天，把慈姑的球茎从土中挖出，食用，胜似出水的鲜鱼虾，爆炒慈姑、慈姑烧肉、米粉焖慈姑、炸慈姑片、慈姑蹄髈汤、慈姑炒咸菜等令人垂涎欲滴。南宋诗人陆游嗜吃慈姑："掘得茨菰炊正熟，一杯苦劝护寒归。"作家沈从文、汪曾祺和江南作家陆文夫，车前草也吃过，写过。更有甚者，旅居海外的华人，在念叨故乡时，总要做上一道慈姑菜，以慰乡心。乡愁，与慈姑有关。我无法猜测当时汪曾祺吃慈姑的感受，是在咂摸人生历经的苦味，还是在细嚼慢咽中品味慈姑的硬骨？我不知道对慈姑之美食呈现，是对慈姑的赞誉，还是对她的伤害。那些停留在慈姑上的眼睛，是否洞穿了水中墨绿、葳蕤的慈姑？慈姑，我还是乐意写这"慈姑"二字，慈祥的慈，姑妈的姑，而不是茨菰或者茨菇。也许这样的写法，使我始终无法吃下这水生的菜蔬，在这绿与白的生命里，站立着的是我土里或水里的亲人们。

对待那些匍匐生长的动植物们，我时常处于一种矛盾的状态中。她们处于被过度使用和屠杀，甚至濒临灭绝的境地。非正常的死亡与杀戮，已经把人的欲望鼓得满满的，贪婪和私欲充斥着整个空间。在自然的路上，人们已经走得欲望丛生，迷失了回去的路，还有他们自己。美国散文家约翰·巴勒斯说，有的人把自己像种子似的播撒在土地上。这包裹着人与自然的关系，我们究竟如何回答自然的拷问人性的追问？西方认为，人是有原罪的，人心是黑暗的。在人类延续的历史上，充满着对动植物的杀戮、暴力和血腥的战斗。人类自身的生存，建立在多少动植物牺牲、濒临灭绝和已经消亡的基础之上？人与自然，究竟如何相互依存？瓦尔登湖畔的梭罗，其思考与实践，均指向生活，自然与人类文明，野蛮与社会发展。在现代文明和科技发展的另一面，我们是否感到有一种巨大的力量在逐渐远离、倒退甚至坍塌，即神性消退，自然远去？我们是否还需要保存与万物交互的慈悲，向往和宇宙保持最原始的亲密，以谦卑而众生平等的目光注视生活、世界？俯视当下，人类在完成对动物们无限疯狂的杀戮之后，除了“敬畏”苏丹红、膨大剂、地沟油、禽流感之外，自私似乎成为唯一的思想。这时，生命的眼睛再次投向曾经挽救生命、延续生存繁衍的草根。

人类对慈姑的食用由来已久。南朝陶弘景便有“其根黄，似芋子而小，煮之可啖”的记载，宋代苏颂在《本草图经》中也称，慈姑“煮熟味甘甜，时人以作果子”。慈姑长在浅水中，富含淀粉，营养丰富，耐贮存，是灾荒之地很好的救荒补缺物。汪曾祺老人回忆慈姑时，也是在荒年时把慈姑视为生命的元素。民间多把慈姑看作荒年充饥的食品。平时少有人食之，也无人种植，多是野生者。释然，原来，人类最初对慈姑的食用，是在万不得已时作出的活命行为，而非出于自身的贪婪。想必慈姑内心的苦，也许至今依然是一个巨大的隐喻。剖开慈姑的球茎，我们可以窥探忠贞的白。在贪欲面前，人已经失去了对滋味的品尝和对清白的坚守。

我们再次对慈姑下手，已经不是发自原始救荒的初心，而是一种罪恶的历史延续和重新发现。物欲的膨胀与人性的贪婪之下，今天的我们这张嘴该张向何物？还有什么可以食用？从自然中我们走来，我们是否还可以回到最初的来处？回到视慈姑为吉祥物的历史？曾经，慈姑用12个包含着生命延续的隐喻解读生活，伫立在水中央。可惜这已经成为标本。我曾见过有慈姑纹饰的青花瓷，将荷叶、莲花、莲蓬、慈姑叶放在一起的图案，称为“一把莲”，是一种吉祥纹饰，寓意多子、慈孝等。还有的民间风俗画中，把慈姑和柑橘画在一起，寓意瓜瓞绵绵。广东新娘回娘家，娘家人会为女儿准备一份回家的礼物，即葱蒜和慈姑，寓意聪明能算，早生贵子。上海人赋予慈姑另一番意义，他们视慈姑为祭灶王爷的必备食品，“胶牙买得糖元宝，更荐茨菇免奏衍”，以期灶王爷在天庭多说甜蜜的好话。慈姑，是画家的笔下之物，如明代吕纪《秋鹭芙蓉图》、清代郎世宁《仙萼长春图册》中的《荷花慈姑图》，都是在画的一角，点缀着三两枝慈姑，还有黄蕊白花。近代齐白石画慈姑尤甚，或慈姑双鸭，或慈姑青蛙，或者只是寥寥数笔花城的水墨慈姑，浓浓的水乡生活味道。

所有的事物都在时间里远离。远离况味，远离大地。回到乡野，再寻觅童年的慈姑，她已经是纸上的图腾。曾经的河流、湿地和素朴的村庄，早已被城市的建筑吞噬干净，最后的绿色也在水泥与砖瓦的压榨下，风干为都市阳台的标本。我不知道在纸上写下慈姑，是对昔日慈姑的最后挽留，还是对故土池塘的凭吊。失去家园，迷失来路，忘却大地的芬芳，人类怎么恪守天地万物同体的古训？小到一棵野草、一声鸟鸣，怎么肩负本真而神圣的使命？人类奢谈什么征服，又凭什么傲慢而颟顸？

呼唤慈姑，也许是我们最后或者最初的声音。

芦苇

河岸边的野蛮生长

所有的植物都是贴着大地生长的。这一论断是我一瞬间冒出来的，也许存在荒谬或者缺乏科学性的错误。我乐意这么说，因为谁能说大地就是我们的泥土蜿蜒的辽阔？其实在我混沌的脑海中出现这样的句子，源于白天与无边芦苇的邂逅。

芦苇，这一水生或者湿生的植物，我们并不陌生。我习惯性地称其为植物，这是植物谱上的说法。如果我们以民间或都市人的目光打量，那么芦苇这植物就会发出受伤的音符：杂草、野草。一个“杂”字，一个“野”字，所能发出的声音无非是厌恶、土得掉渣、卑贱，若再细品则能体悟到一种深恶痛绝的辱骂。“杂”字，夹杂着类似于人类的杂种之意味。能理解这种情绪，因为在物欲横流的当下，山珍海味人们都已厌倦，谁还能记得当初从草地上生死过来的日子？有多少人在抓住救命的最后一根稻草后，转身就是天涯、深渊以及鄙夷？无奈，实用的美学始终在黑暗中诋毁着、扼杀着美好的诗意。理解就是了，从草地上站直身子的人们，所要考虑的还是那张嘴的问题。嘴到心还有一段暂时无法逾越的旅程呢。

我们还是回到芦苇自身上来。沿着历史深邃的河流，我们能够清晰地看到甚至脱口而出的证据，是那《诗经》里的苍苍蒹葭。据严格意义上的区分，蒹指未曾秀穗的芦荻，而葭则是指初生的芦苇。古老的诗意并不影响我们对芦苇的解读。当我们在一片朦胧苍茫的芦苇丛中，在无边的碧波里，追寻在水一方的“伊人”，那一刻我们是否还沉浸在芦苇与芦荻的纠葛里？这一似有似无、缥缥缈缈的大美无言的密密匝匝的芦苇丛，在我们对远方或者梦幻的追逐中，缠绕着我们多少致命的忧伤？我不敢说芦苇与“伊人”的绝对关系，但在生命旅途上，芦苇注定是一处不可忽视的绮丽与迷离的背景。由《诗经》我们可以得知，古人在对待芦苇的问题上，不是杂草或者野草的看法，她是生活与人生的组成部分，与生命息息相关，与生活紧挨在一起。芦苇看人，人看芦苇，似有庄周梦蝶之境。

植物贴着大地生长，我以为指向的不只是大地与植物的关系，还有植物为大地而生之意。在写过的众多植物中，我发现，无一例外，这些贴着大地匍匐的植物，从生活的实用美学、医药价值到文学的美学方面，有着错综复杂的关系。在这一点上，生活最有发言权。因为芦苇的疆域与价值呈现在民间，而民间又最有说服力。（城市对待芦苇就像一阵风或者雨掠尘而过的感觉，城市的目光停留在光怪陆离的霓虹灯里。）从某种意义上说，我忽而觉得，这芦苇，在苍凉里遮蔽着某种悲悯的情怀或者宿命。她选择的地址多数是荒地、沼泽地、滩涂、沟渠或者河岸。这些地址是远离庄稼的，她们总是在人们遗忘或者荒弃的地方安家落户，以一种朴实无华的方式抵达郁郁苍苍或苍黄辽阔。这是民间的方式。终日扑在大地上刨食的人，对稼穑之外的事已经无暇顾及了，让肉身继续，是最低的生活要求，眼里盛满的是那碗、锄头以及上升的炊烟。

芦苇，以大地的名义，始终生长在民间。芦苇是有情怀的，她不似看麦娘，过分地与麦子站在一起，遮住或者剥夺了属于麦子的那份阳光和营养。我在古书中曾看到过记载，芦苇，作为祭祀的物什，出现在供台的一侧，木木的，似乎是沾满巫术与神圣性的咒语与符号。这是芦苇一副严肃的面孔，枯黄的皮肤在干枯叶片的包裹下，隐藏着内心的空。空即实，实亦空？神佛之语恐怕都隐匿其中了。这是芦苇对死的挽歌，还是对生的守卫？芦苇至今还会在民间的葬礼上出现，她主持着经幡与火，甚至是豪华的纸人纸马，直到墓穴完成覆盖的刹那，化作熊熊火焰。当然，这祭祀或葬礼关乎芦苇的渐行渐远，更多的是与生活相依为命。芦苇的一生完全是交给民间的，生于民间，长于民间。为民间而生，这是她冥冥之中的宿命。

这也是芦苇的位置。大自然是最伟大的哲学家。万物相克，更相生。大地关上一扇门后，就会打开一扇窗户。在民间，饥饿是最大的敌人，犹如穷凶极恶的魔鬼，绳索般勒紧民间清汤寡水的日子。谁能想到，在物质资源匮乏的年代，面对大地上苍茫的芦苇，人们把生活发挥到了极致，甚至到了癫狂的境地。从刚出生的芦笋，到芦叶、芦花、芦茎、芦根，全部被赶到了生活的战场，抵挡饥饿、风寒，以最原始与质朴的方式，天人合一，道可道，自然道。

我有理由怀疑芦苇与生活有着某种契约，或者说芦苇一直在黑暗中注视着生活。最先与芦苇近距离接触是因为寒冷的逼近。我们的村庄靠近河岸，冬天生火做饭，芦苇是我们唯一的燃料。一到冬天，全家人就会推着独轮车，在河岸边对着枯黄的芦苇展开杀戮。说杀戮有点夸张成分。从本质上讲，生物的每一种生存，似乎都是建立在对其他物种的屠杀与掠夺上。人类也不例外。我们对芦苇的贪婪收割，也是一种暴力式的侵略。但从科学上说，芦苇的生长是不同的，在割去陈年的芦苇后，来年她会生长得更加繁茂、茁壮。生与死，消失与存在，谁能清楚其中的奥秘？这些挺立在岸边，在风中低吟的芦苇，连同成熟的思想，在我们镰刀的作用下，稍后一起被赶到了冬天的灶膛里。这是我们家多年前对抗冬天和生活的方式，也是父亲与天气、生活决斗的招数。

一个人靠力气和汗水，在大地与节气中挣扎、摸爬和滚打，我不知道那个时代下父亲的内心世界，是波澜壮阔还是一片静寂的死水。我枕着母亲从芦苇头部折下的羽翼，打理整编，揣进蓝印花布的枕头套里的枕头，在柔软和温暖中抵达未来的梦境。从大地上仰望芦苇，我们是无法窥知她的全部的。她以普世的价值方式存在着。越过地表之下纵横交错蜿蜒连绵的庞大根系，人类以各种方式解读她，生活或生命字典里记录着，她可入药、造纸等。在乡村字典里，对芦苇的记载则更加丰富，包粽子、打折席、编织鱼笼、做草帘等。我在读到梭罗的《瓦尔登湖》的时候，恍惚觉得，父亲有着自然主义作家的身影，在原生态的湖畔，用原始的方式，远离尘嚣、欲望和光怪陆离的都市，在大地上劳作着、生活着。一切物资来自自然。迥异的是，父亲在河岸边生活，是为物质所迫，而梭罗则是出于精神的追逐。

有水的地方就会出现芦苇的身影，如影随形。我猜不透芦苇的隐语。我们可以说水是流动的芦苇，实际上芦苇是为水而生的，她的呼吸就是水的呼吸。芦苇周身遍布水的通道，纤维建造的通道，经由它们抵达水的中央。站立的看似是芦苇，实则是一道道立体的小溪沿着芦苇的脉络奔流。我在植物的分类中看到，芦苇归在水生植物一类。

是的，水生万物。道家云，上善若水，水利万物。追溯人类的最初，几乎可以肯定的是，人类的繁衍与生存，就是与河流纠缠在一起的，河流的文明，就是人类的文明。我们甚至可以猜测，当初天地孕育人类的单细胞时，河流应是她的母体。逐水而居，这是人类最初的生活方式。有水的地方，就有人烟、家园。

水是哲学家，是禅，是佛。那么芦苇又是什么呢？她似乎是水忠实的跟随者、信徒，与水是奴仆与主人的关系，生死相依般缠绵。浅水畔，我们看着一丛丛芦苇在微风里风情万种，在黄昏的静谧里不胜凉风的娇羞，那份天地间辽阔的壮美，都在无言中。水走过的地方，芦苇留下来。农人锄头下的种子，开始在泥土的潮湿深处潜滋暗长，而后从泥土表皮钻出来，齐刷刷地，仿佛地下的森林正待重见天日。我惊诧于芦苇在黑暗中的生长。村居不远处有一湿地，原生态的无边的荒凉。谁也不知道从何时起钻出来一节芦苇，谁也没在意，谁也不会在意。一支芦苇与辽阔的湿地，这分明就是蚍蜉撼树。可谁曾想到，第二年，从地下蹿出的，是那燎原的芦苇，席卷着整个湿地。当我们扒开泥土，才有所领悟。泥土深处，盘根错节的原来是芦苇的根系，或细或粗的根系，早就在暗中勾连、蜿蜒、逶迤。地面之上看似风平浪静，谁知道一场巨大的政变和暴动早就在地下展开。

谁能知道，芦苇在地下抽根整须时到底会怎么想呢？

不能参透的事层出不穷，就像这无声的芦苇，每一根都是沉默的思想者。我在芦苇比较葱郁与繁盛的时分，从对视里获得的是生命的力量，是无限，是不可名状的未知。这些莽莽苍苍的、无际无涯的、铺满大地的衣襟，到底意欲何为？意欲何往？这些都像是大地失散多年的孩子，湖水散去，你们将回到何方？故乡？天堂？你们的梦中有橄榄树？不敢想象。这分明就是惨绝人寰的杀戮和悲歌。

一场盛大的盛装演出，居然是苍凉的悲剧结局。我们姑且抛却她们与人类相依为命的日子，与民间生活纠缠在一起的岁月，与炊烟或者温暖生死虐恋的悲欢离合。当无情的秋风，以不可阻挡隔绝的大提琴声，弹奏出一支深秋的大悲咒，昔日我们眼里葱茏翠绿的芦苇荡在一夜之间枯黄，一头蓬松的愁绪，憔悴、面黄，草纸一卷。褴褛。凄美。如风再劲吹，那么就会听到一阵噼里啪啦的声音，接着大片的芦苇就会如倒下的尸体般，横七竖八，杂乱无章，一片令人心碎的枯衰，这是她回赠给大地的最后面容。这是不可抑制或者无法决绝的困境。这不是一个人的悲。如果是个别或者偶然，我用不着为她写悼词或者装着伤悲。呈现在你面前的，是大片大片的芦苇，她们是天地间千万架弹奏秋风的大提琴，这是属于大地的悲伤。伤口上长出的芦苇，绿了黄了，来年又从黑暗中泥土深处开始孕育森林般的芦苇荡，哪里是归程？一半是海水，一半是火焰；一半是新生，一半是死亡。这对应着人生的境况，我们有着同样的生命和生活，繁盛、蓬勃、华丽、憔悴、枯槁，直至白发两鬓，日薄西山。

对于芦苇的生死轮回，人们处于尴尬的境地。在无人光顾的地域长出生活的诗意、光阴的诗意，裸呈在天地间，风雨眷顾，鸟雀驻足。可一旦遭遇生活的考验，所有的诗意瞬间坍塌、遭受蹂躏甚至香消玉殒。昔日的芦苇，在一把镰刀的驱赶下，一夜之间匍匐到村庄的周围，作为生活不可或缺的物资，编织生活器具如苇席、鱼笼和囤积粮食的织子，纷繁复杂地参与到生活与生存的建设中去，与人们一道点燃生活的火焰。刈割后的芦苇荡，是满目的空旷、创伤。被掏空的灵魂四处漏风，还有在地表之上失神的无助的眼神，刺拉拉地向着苍穹，空洞，巨大的空洞。在生活的栈板上，也许芦苇正惨遭不幸的暴力摧残，但自生自灭就是所谓的幸福吗？现代人在有了环保的理念后，便开始寻找自然，寻找诗意的栖居。他们懂得留住原生态的珍贵。面对上千万顷的芦苇，颁布法令，筑起栅栏，禁止一切人为的对芦苇的砍伐与伤害。生，死，均皈依自然。据科学解读，这样一种生长方式，会造成芦苇的羸弱，逐渐失去生命的力量，年年生长的芦苇，越来越苗条、消瘦、脆弱和矮小。令人欣慰的是，芦苇丛中的鸟群，以及其他不知名的小动物，找到了天堂，他们把这里当作自己的香格里拉，繁衍生息。据统计，芦苇荡里居住着上千种鸟，这里似乎正在重建一个完整的生命系统。

相对无言。这是芦苇对人或者生存的表达与辩解。芦苇只是芦苇，待在原地生长、老去，还是走到生活的屋檐下，随意随性好了。似乎这一切与她无关。她的人生哲学就是生长，沿着水的足迹，无休止地生长，执着地生长下去。刘禹锡在《西塞山怀古》中写到过她：“今逢四海为家日，故垒萧萧芦荻秋。”她凄楚萧瑟？人生的反复无常，岁月的无奈与她何干？帕斯卡说："人只不过是一株芦苇，是自然界最脆弱的东西，但他是一株会思考的芦苇。"苏轼云："纵一苇之所如，凌万顷之茫然。"有人说，人是孱弱的，如同一管芦苇；又有人说，人是坚强的，从柔弱中焕发出无穷的生命韧性。人与芦苇，在她看来，人归人，芦苇归芦苇。是的，人与芦苇，分明是两个不同的生活世界，庄周不知道鱼之乐，人们同样也不知道芦苇之事。没有思想就是无限，就是最为无尽的思想。

让芦苇回到芦苇，是我对芦苇发出的唯一声响。比邻而居或独自栖居，都是顺应自然。道法自然。老子的无为，不也是一种至高的境界？人，芦苇，都是大地的栖居者，大地是我们永恒的家园。人一思想，上帝就觉得好笑。是的，世界丛林里，没有谁能征服谁，没有谁能占有谁。

婆婆丁
大地上的异乡者

我乐意呼唤这么一棵植物，一种贴着大地的植物，在村庄之外的阡陌上，旁若无人地生长着。

她的名字叫“蒲公英”，当然，“婆婆丁”是我们这片故土赠予她的乳名。呼唤她的声音有很多：婆婆丁、黄花苗、黄花地丁、黄花郎、木山药、浆薄薄、补补丁、奶汁或苦蓿等。众多的名字里，我倾向于婆婆丁的叫法。这时能走进婆婆丁这棵植物的内心，从大地走进草家族。婆婆丁，这是植物与人甚至与大地共呼吸、互相依存的结合体。婆婆，是慈祥的化身，是充满着大爱、坚韧、苦难和伤痛的背影，而“丁”字，道出了她生长的姿态，守望者的精神状态。用匍匐的视角，一生在大地上播撒生命的种子。我钦佩她行走的方式：全身心地贴着大地，从大地的体温中获取生长的温度，敞开心扉，接受阳光、雨露还有各种精灵的抚慰。她的花，是金色的，太阳光也是金色的。绽放的婆婆丁，就是大地上无数灿烂的小太阳，温暖着村庄。

大地上每一种植物，对应着人间的一颗灵魂。婆婆丁，我想是不是村庄里那位花婆婆的身影？充满着神秘、深邃和陌生的花婆婆，在我童年的印象中，就是村庄的百科全书，就是一首在风中散不去的古老民谣，或者村庄里最古老的典籍。她整天在旷野里奔走，一只菜篮，一把弯刀，成为她对旷野最长久的叩问。篮子里，有野蒜、枸杞子、荠菜、红花草、野姑娘等等。她有时拌着佐料，将其做成野味十足的凉菜，有时只是洗净置于室外风干，使她们成为植物的标本。谁也不知道花婆婆的壶里究竟藏着多少未知的秘密。只是，当村里的大人孩子遇到疑难杂症，赤脚医生都束手无策时，花婆婆总是迈着年迈的步伐，悄悄地来到人群中，对着主人说，来，把这些野草拿去熬成水，给他喝下试试。在人们将信将疑的目光里，一个生命从病态走向了健康，以至于人们无法理解与审视面前陌生而又熟悉的花婆婆。

我知道，村里没有人能准确说出花婆婆的来历。她看似高深，却又与一般婆婆无异，是母亲却总做出常人无法理喻的事情来。有好事者总难免逮住花婆婆问："您懂得医术？""我哪里会什么医术？""那你怎么知道哪些草可以治病？"花婆婆说："这些草就是曾经的我们啊，我只是能听懂她们的话啊。"在这些野草看来，我们就是一棵棵会移动的草而已。活着，死去，都在这片土地上。

草活着，人就能活着。母亲对花婆婆的话深信不疑。村里经历过那个饥饿荒年的人们身上都赫然烙印着花婆婆。是她教会了村中的母亲们，在野草密布的大地上，找出填饱胃部的植物，诸如灰灰菜、巴根草、苋菜、洋姑娘等，还有婆婆丁。那时对婆婆丁的挖掘是最多的。那是一个年代的饥饿与伤口。人们就像匍匐在地上的动物一样，在草木间寻找生存的物质。那是和婆婆丁一样的生长高度，都在大地的深处寻觅生命的粮食。婆婆丁在花婆婆的目光里，迎合着饥饿的伤口，只要有阳光的地方，就有婆婆丁的身影。饥饿越来越大，胃部越来越空。婆婆丁感知到了一种死亡的威胁。甚至有的人已经挣扎在死亡的边境线上了。繁殖，大量地繁殖成为一种使命。一旦大地的体温超过两度，她就开始了孕育，从春到夏，从夏到秋，扎根，长叶，长出喂养生命的营养来。一分二，二分四，四分无数……在村子之外，婆婆丁成为一道永不衰败的风景。

我们至今都会看到这样一种景象：在村庄的四周，总是长着无数知名或者叫不出名字的野草。城市的高楼下，只有汹涌的人潮和都市的喧嚣。对比而言，村庄是鲜活的，是有生命的。从那些野草到村子的炊烟路上，一定有一条看不见的生命河在流动。那些野草，就是村子不竭生命的源头。村子的人都这么认为。花婆婆则会这么说："那些草啊，是与村子一起过来的，看护着我们，有灵性呢。"

我对花婆婆的话深信不疑。春天里，我们挖掘婆婆丁回来，总要找上花婆婆，给我们做一顿婆婆丁野草饭，或者洗净做一碟凉菜，就着花婆婆特制的佐料，就是美味佳肴。花婆婆的手实在神奇，以至于我们都迷惑着，花婆婆是不是大自然派来解救我们的菩萨？花婆婆要是有闲暇时间，还会给我们这些小伙伴包上一顿饺子。当然，花婆婆会做的食物多着呢，什么婆婆丁玉米汤、桔梗汤、婆婆丁粥等等，大自然馈赠给花婆婆的，是一野的蔬菜市场，而花婆婆赠予村庄的就是一个神奇的厨师，喂养着我们的日子与生命。有了花婆婆，村子的人都从那个饥饿的死亡线上挣扎过来。

我的生命里，至今还残留着花婆婆的气息和婆婆丁的汁液。

村里人都说，花婆婆，分明就是一棵婆婆丁。

我的孩子呀，你在娘怀里，一群毛茸茸的小脑袋，是娘心头肉。

我的孩子啊，你在娘怀里，一阵微风后，送你到人间。

我的孩子啊，你在娘怀里，当你长大后，你就成了娘。

记忆里，我常忆及这样落寞而又伤感的画面：花婆婆端坐在低矮的草房檐下，手里擎着从野地里采摘来的婆婆丁，深秋的残阳落在她身上，哀怨、低回的歌谣从她身边弥漫开来。歌声停歇了，她就拿着已经成熟的婆婆丁，迎着晚风吹起来，无数乘坐着银白色降落伞的小婆婆丁，四下漂泊。

这是我回到村庄里最不忍看到的晚景。花婆婆已经风烛残年了，一个人住在村里已经很久了。伴随着倒塌的房屋，还有野草袭击的村落。花婆婆有七个儿女，有的出国，还有的在上海、广州、北京，分布在全球各地。他们都是花婆婆放飞出去的小婆婆丁，带着娘的骨血，远走高飞，然后落地生根。只是花婆婆越来越老了，终将有一天消失于泥土中。只是，那些匍匐于大地的小婆婆丁，可曾看到娘的背影？童年那些曾偎依在花婆婆身边，吃婆婆丁饺子，喝婆婆丁玉米汤的小伙伴们呢，也一个个长大成人，离开村庄，离开花婆婆，散落在远方。他们的心中，是否还有花婆婆的印象？

花婆婆曾说过，无数小婆婆丁都是喝着母亲的奶长大的。我半信半疑。婆婆丁，一株植物怎会有人类的奶汁？花婆婆采摘一棵婆婆丁，放到我手中。按照她的指示，我折断婆婆丁的茎，瞬间，一股雪白的黏稠的汁液流淌出来，这哪里是植物的汁液，分明是养育人类的奶水。大自然真的是造化神奇。每一种植物，哪怕是最卑贱的草，竟然也都深藏着无法解读的隐语。植物的世界，何尝不是人类自我的世界？植物的身上，分明烙印着人类自以为是的真理。实际上，这些匍匐在人类脚下的草，早已心知肚明。人类在极端的境况下，吃草活命，吃婆婆丁度日；而婆婆丁在极端的境遇里，唯有涅槃再生。我不知道，一棵婆婆丁的高度与人类的高度，究竟哪一个高。但我知道，离开大地的庇护，离开这些草的保佑，我们终将苍凉荒芜地死去。

这就是一棵婆婆丁的意义，也是对大地以及我们自身的意义。最淳朴的真理往往就在低处，就在贴着地面行走的人身上，如花婆婆。对生活的坚韧以及对生活的领悟，总是素朴如婆婆丁。问花婆婆，村子要废了，去城市里享享清福吧！花婆婆摇摇头，她还是在这里生活。这是我的根。风把我吹落到这里，我就在这里生根安家啊。花婆婆说，婆婆丁都知道这个道理啊，人怎么会不懂得？我再问，想孩子吗？花婆婆半天没有回答我。过一会儿自言自语道，他们，也是大地上的婆婆丁啊，城市就是他们的乡野。到哪儿，哪儿就是家……说完，花婆婆拿起身边的婆婆丁，迎着晚风，撮起嘴唇，吹起来。银色的天使，精灵的孩子，在风中飘向远方。

我感喟于花婆婆内心的思想，更感喟于婆婆丁这样一株卑微平常的野草赋予我们乃至人类的箴言。越是靠近大地，就越能找到自己的内心。海德格尔说，灵魂之漫游迄今尚未能通达的那个地方，恰恰就是大地。灵魂首先寻找大地，并没有躲避大地。在漫游之际寻找大地，以便他能够在大地上诗意地筑造和栖居，并且因而拯救大地，使之为大地——这就是灵魂本质的实现。大地，是我们最初出发的驿站，也是我们最后落脚的家园。城市或者乡村，柏油马路或是乡野之地，都是我们的家园，更是我们的异乡。“人在火车里走/火车在地球里走/地球在太空里走/太空在茫茫里走/谁都下不了车/印在名片上的地址/全是错的。”（罗门）婆婆丁，难道不是人类生存的镜像？从一片乡野到另一片乡野，从一个山坡到另一个山坡，从一个乡村到另一个乡村，从一个城市到另一个城市，人类，注定是流浪的一族。奥地利诗人特拉克尔说，我们是“大地上的异乡者”。我们的家园在哪儿？最终还是大地。任何形式的奔走，结果还是在大地上。

是的，婆婆丁，花婆婆，或是在城市流浪的我们，都是大地上的异乡者。只是我们要守住的是那根，贴着地面，朝着阳光，注定我们要一次又一次地漂泊、流浪。

刺儿菜

苟活尘世的疼与痛

我还是叫她刺儿菜吧。她的名字很多，诸如荠荠菜、枪刀菜、七七芽、萋萋菜、刺刺芽、小恶鸡婆、刺脚菜、锯锯草、青青菜、野红花等，我想各种名字的背后都会有个带血的故乡。

我还是愿意称呼她为刺儿菜。菜亦是草，草也是菜。对于民间来说，在困苦的生存条件下，没有什么可以挑剔的，即使是带刺的野菜，也必须咽到胃部。匍匐生长在大地上的植物，包括刺儿菜，只要没有毒或者蒸煮后没有毒性，都有曾为民间餐桌上菜肴的履历。我对民间的理解，不是俗世意义上的偏僻、落后甚至愚昧的地方，而是如大地上的植物般，在安静与孤独中，自生自灭。民间属于底层，低到尘埃里，与泥土是一起的，与植物是一脉的，这些都是他们的邻居，伴随生活，也伴随生命的谢幕。刺儿菜，一个“菜”字的前面，别忘了还有刺，钻入肉中的刺，让你流血的刺，有的刺甚至在你的内心世界里，一辈子也拔不出来。

是的，这正是我选择叫刺儿菜这个名字的原因。每次我念叨这样的音符，内心里总有一种疼痛呼啸而过。这种揪心的疼痛中，过往的光和影就排山倒海地向我涌来。那个叫水芹的女子，我少年时的伙伴，赫然站在我跟前，手拿着小镰刀，挎着竹篮，奔跑在春天的阡陌上。那刺儿菜的模样，刺疼我，也刺疼她自己。她那水灵灵的笑，恰似我在蒲先生《聊斋》里读到的婴宁的笑，清纯，不染尘埃，纯净得让你内心柔柔地喊疼。

我们是同一年出生的，都是70年代末，这样的时间，在民间，属于灰头土脸的时间段。这个年代的色彩与大地的颜色、树林的颜色、村庄的颜色、草垛的颜色甚至是人们的脸色，都是同出一辙的，流着相同的血，喝着相同的水，过着相同的日子，天地间都是灰蒙蒙的。当然，那个年代的人，谁不是灰头土脸的呢？贫瘠、苍白、死气沉沉，偶尔掀起声响的是一两只狗在村子里的喊叫。那时的村庄、旷野就像个大病初愈的患者，正在喘息、积蓄能量。我家在村庄中央，她家在村口。因为同年出生的缘故，我们被迫在村里人的议论里一起长大。乡村的人，一切都可以作为谈资，其最终指向是娶妻生子、养老送终。从小就物色对象，这成为民间经典的话题。在民间，生死问题就是最大的问题。他们要考虑将来老了怎么办的事，过早地面对死亡。解决吃喝，日子就可以继续熬下去。如果说有支撑力量，那不外乎对儿女的希冀。我和水芹相识的时间很晚，至少在上学前我们根本不知道彼此的存在。对于幼时的我们来说，世界是封闭的，生活随波逐流，没有过多地与人交往。但是成年人可不是这样，他们看似整天在旷野中劳作，但这些草芥之事，在他们那里则是如数家珍。我们活在他们的口中。冬闲或者赶集，大人们遇上，总要聊上一番，话总是说不完。我记得水芹的父亲和我的父亲经常在一起抽烟、喝酒、放牛、耕地等。共同的家境使得两家大人走得很近。这是冥冥中的安排，还是合并同类项？我父亲和水芹的父亲没有经过多少交往就已经熟稔并成为至交。抱团取暖，这里也许更多的是命运的维系。

现在回忆起来，所谓的民间，或者隐藏在民间深处的生活或人生都在这里得到呈现。我们两家真是土得掉渣的中国式农民，农人、农事、农具、农忙等。这个“农”字已经从日子里浸润到土地上，苟且于生命里。我们的父辈都没有文化，在他们的字典里，只有农具和庄稼。他们对待生活的姿态，就是以命搏斗，用肉体和命在养活日子。这简陋得近乎原始生活状态。好在还有前人留下的各种农具，以及耕牛。这样的生活概括起来，就是起床、种地、锄地、吃饭、睡觉、放牛等乡土稼穑之事，生活基本上是一成不变的。民间的日子就是从土里到锅里，从嘴里到命里，最后一起再回归土里。这就是他们能想到或者绸缪的生活。其实哪里是生活？生活，生与活。他们更多人是只有生而没有滋润地活下去，这个生就是生存、活命。哪里还讲究什么活得风光？更别说西方哲人所说的“诗意地栖居在大地上”了。

土里刨食，这是两家同病相怜的方式，是共同面对生命存在的唯一方式。放牛累了，就在一起抽支烟；耕地累了，就聚在一起喝杯酒，总是有着喝不完的酒说不完的话。民间是有潜在规则的。家境相似的人家在一起相处总是容易，对于深宅大院的人家，他们总是很自觉谦卑地弯腰走过，伴随着一种陌生与敬畏。在这些高墙大院下，他们的面前有着一条很深的沟壑。大人们如此，小孩也是如此。

当我从大人们口中得知我和水芹同龄时，我似乎和她有着天生的亲近关系，总是不自觉地把她和自己放在一起。在童年的岁月里，她似乎就是我的一半，或者我的镜像。我们很自然地玩在一起，没有任何拘束和陌生感。这在民间是有点不正常的。他们天生知道男女生不能在一起玩，特别是在懵懂时期，哪个男生找女生玩或者在一起，总会遭到笑话和嘲讽的，甚至有人起哄，说谁是谁的新娘子、流氓啊之类的话。曾经，我们都把跟异性在一起玩当作一种羞耻。男女生之间有条不可逾越的红线。现在想来实在可笑，可是乡村的孩子就是这么个审美。实际上，长大后，一过青春期，见到美丽的女孩子，男生估计个个都会流口水的。那段岁月对男生而言就是对女生的拒绝，女生也是一样，不会与男生在一起交往，各自有各自的圈子与领地。但是我和水芹却是不知来由地在一起。我们一起放牛，一起打猪菜，一起做游戏，彼此之间没有任何障碍。是年龄相同的缘故，还是因为家庭命运相同？对于当时的我们来说，这些都是模模糊糊的。

我们打猪菜打得最多的就是刺儿菜，这种菜只有我们才会去挑。旷野里能剩给我们的，也就是这些长满针针刺刺的野菜了。刺儿菜和我们，似乎有着某种相同的命运。这种菜对于我们而言是刻骨铭心的。刺儿菜，顾名思义，身上是长满刺的。她的众多名字里就有个千针草的名字，千针，可想而知有多少微小的针在暗中对着我们的手掌。这刺儿菜也是奇怪，民间阡陌上，长得到处都是，凡是你能想到的地方，都会有她的身影。刺儿菜似乎把大地包围了。我们对刺儿菜是害怕的，一般我们是不去挖她的，只要有别的猪菜可挑，就绝对不会去碰刺儿菜。可是，这大地上仅存的硕果——刺儿菜多到你无法想象，我们必须要面对这刺儿菜。我和水芹也只能选择刺儿菜，不然的话，家里的猪怎么办？喂猪，是我们的任务。这是当时农家孩子唯一能干的事。不知道当时猪吃着刺儿菜，如何咽下那么多的刺。半天猪菜挑下来，我们的手也是血迹斑斑的，红通通的小手，疼在心里，谁也不好意思说。

自然界的植物，包括这匍匐在地上卑微的野草刺儿菜，似乎都藏匿着神奇与奥秘。这刺得人满手疼痛的刺儿菜，总是在不经意间，馈赠给我们血淋淋的教训。谁能想象到，这个让人稍不留意就会流血的刺儿菜，在植物药谱上，竟然是止血的药物。在古老的民间药铺里，刺儿菜主治吐血、尿血、便血、血痢、外伤出血、凉血、金枪血、咯血、破宿血、止新血、暴下血等等，还能养血。这个刺儿菜，是在以血养血，还是在昭示人类？把刺儿菜作为猪菜，实在是无奈之举，如果还有其他办法，谁会冒着疼痛去挑割？如果不是用来喂猪的话，人们对她充满厌恶之情，恨不得统统铲光。无论是走路的黄发垂髫，还是在田野里忙碌的农人，在路上只要见到刺儿菜，总会用脚狠狠地践踏一番，直到她流出绿色汁液，粉身碎骨才罢休。即使这样，在农人收麦子的时分，刺儿菜还是偷偷地藏在麦子中间，在你收割中暗地里给你疼痛的一刺，直到你痛得发出刺耳的尖叫。

是的，在民间，有很多疼痛让人无奈与绝望。在水芹家和我家，疼痛表现在父辈身上。走在村里，我父亲和水芹的父亲总是低着头，穿行在村子里。他们整日面对的就是旷野、耕牛和自己的家园，很少与人打交道。这种靠地生存的人，内心有着无比绝望的卑微，他们和刺儿菜一般，只是那刺总是刺向自己，还有我和水芹这样的替罪羊。

水芹家和我们家，对于我和她都寄予了厚望。水芹姊妹四个，最终能念书或者念下去的就是水芹。民间的读书本身就是件奢侈的事情。一个人读书往往要靠家庭几个人的牺牲。我和水芹的命运是相同的。水芹是家庭中比较聪慧的。这种聪慧是天生的，没有任何外力的帮助。在村子里，想找到一点书那都是很困难的。乡村人读书，唯有地气和天气，剩下的就是运气了。水芹成绩一直很好。她必须读下去，其他几个姊妹相继辍学，只留下水芹这棵独苗苗。而且她必须读出结果来，这是水芹父亲的要求。她父亲的卑微、弯腰做人这种屈辱不想在儿女身上重演，同时这也是像水芹父亲般的人群在民间底层苦苦挣扎的指望。水芹，对于她父亲或者全家来说，是一根沉重的稻草，缀满了生活的光亮。我和水芹就是两块相同的镜子。我的父亲也不例外，他用镰刀一把割断大姐三年级的上学小路，二姐甚至还没来得及上学，就成为村里村外的姑娘，守望家园。她们在地里干活，我在书里识字。父亲为了让我能充分念书，把所有农活包括洗衣服、做饭等，都加压在大姐、二姐肩上。我和水芹每次考试的成绩，成为双方父亲是否对我们棍棒交加和百般侮辱的晴雨表。父亲对于我们的教育方式，是民间经典的教育方法——耻辱教育和棍棒教育。水芹跟我说过，这样的生活，与刺儿菜没啥区别，都是疼。疼得我们无处可说，也说不出来。

后来，打猪菜这个活计也被姐姐们包了，我和水芹已经远离了刺儿菜。我们是背负着十字架的教徒，生活的沉重与学业的艰难，使我们产生绝望，死亡与泪水都是解决不了问题的。即使你倒下，这个十字架依旧刻在背上。多少次，我和水芹都是在棍棒之后，从地上捡起课本，继续朗读。两个大人同一个信念：我和水芹死也要死在念书上。

我以为，我和水芹或者我家和水芹家会走得很远。这种门当户对的图景，有着抱团取暖的结盟因素。可是我们两家的关系后来逐渐降温、冷淡，从无话不说到最后无话可说，形同陌路。水芹的变化加深了我们两家的隔阂。我们在初一、初二的时候，经常一起在学校上晚自习，天黑一起回家。有时自行车坏了，水芹就把我带回来。而我，在天黑或者刮风下雨的晚上，等她结伴而行。水芹怕鬼。从学校到家的路上，要经过一座石桥，这桥曾经有人跳下去过。水芹每次经过都要胆战心惊。她曾叹息道，这世界上没有鬼的，真要有就好了，把自己带去也好。我和水芹的分水岭主要是在初三。随着学业的结束，我们的成绩对于升学还是回家，已经渐渐显山露水了。从村里人和同村的同学口中得知，我的成绩似乎比水芹好，而且不是一般的好，时常得到老师和校长的表扬，多次代表学校到县城参加竞赛。后来水芹的父亲再也不与我父亲一起放牛喝酒了，甚至在躲避着我父亲。水芹也在暗中与我拉开距离，消沉、忧郁和轻烟样的忧愁弥漫着。后来，水芹跟我已经形同陌路，好似有敌人般的仇怨，即使在学校遇上，也是一副冷若冰霜的样子。水芹父亲的头和腰弯下去得更深更低了。这使得父亲颇为失落。整个家庭处于一种喑哑和沉默的图景中。水芹以及他们一家，完全不理睬我们家了。两个家，像两个偌大的孤岛，中间隔着深不见底的海峡，有“鸡犬相闻，老死不相往来”的情景。

野菜苦，爹娘苦；野菜香，儿孙香。吃了野菜不生病，吃了野菜天地长。这是我和水芹都熟悉的歌谣。我没想到的是，初三的水芹，竟然在不动声色中谈了个男友。当我听到这个消息时，有点惊诧与同情。也许水芹的心里太苦了，需要人给她抚慰。但是乡村的爱情需要经受非人般的考验，水芹以及那个男生能否经受得了？果然，水芹父亲知道后，山崩地裂。多少次水芹被揍得死去活来，全家人待她像对待仇敌，与她有着不共戴天之仇，纯粹是往死里打的。我第一次看到不一样的水芹。那个沉默不语忧郁的水芹消失了，只剩下对爱情誓死捍卫，不管天倾地斜、沧海桑田的水芹。谈对象这事我是后来到师范二年级才朦胧懂些，没想到水芹这么早就走进去。庆幸的是，她的男友真的不错，一个胖乎乎的淳朴的男生，听到水芹遭到毒打后，在水芹家人的冷眼中，与水芹一起跪在堂屋前，共同承受责罚。这是当时我们村庄里看到的难忘一幕。现在看来，在水芹的内心，是有着疼痛和幸福的，有坚守和忠贞的城堡，她还没有对生活绝望，她在沉重的生活里找到了缺口与亮光。

我多次回到老家，都没有看到水芹。二十年了，一面都没有见到。她的信息在我中考后去北方读师范时渐渐模糊，甚至一片雪花。只知道她初三又留了一级，第二年考取了卫校。那个男生上了高中，高考考取了一所师范学院。这些信息都是我从家里人那里打听到的。让人欣慰的是，她和那个男生终于修成正果，走进了婚姻的殿堂。水芹一家渐渐从村里消失，谁也不知道去了哪里。据说水芹后来把家里人都带到了远方的城市，开始另一种生活。不知道城市的生活里还有刺儿菜否？或是还一样地流血与疼痛？

以血止血，以痛止痛，成长本身就是承受苦难的历程。水芹、我都是刺儿菜，大姐、二姐以及那些失血的村姑，又何尝不是？每个人的内心都隐藏着千万根针刺，这些细小幽微的刺，密匝匝地生长在人生的每一个路口。人生的坎坷到处存在。谁能说考取大学就是成功，考不取就是耻辱？如果知道这些年来我到处游荡，在洪泽湖畔一家乡村小学待了八年，到私人企业干了没有尊严的十年，后来破釜沉舟地做了两年京漂，如今又与家人天各一方，水芹以及她的父亲会作何感想呢？

我和水芹始终没有再相见。是她不想见我，还是我当初间接地伤害了她？人的尊严在生存面前竟然如此不堪一击。人生不论成败。家庭的命运与个人的命运，甚至还有社会的潮流，裹挟着我们，我们常常身不由己，谁也无法主宰自己的命运，就像大地上这漫山遍野生长的刺儿菜。不拘沟渠、大麦地还是河岸边，只要活过、绿过，从哪里来，皈依何处，又何必庸人自扰？活着，保持疼痛，保持柔软的针刺，就不失为生命的意义。

婆婆纳
诗意的蓝色妖姬

我执意要走进这一群植物之中，确切地说是走进一片所谓草的丛林里。在我看来，每一株草都是一个神秘鲜活的世界，尊重、平等和友好。人类在学会直立行走的一刹那，那颗经年低下的头颅就再也没有低下来过。我敢说，那些向上的目光是浮躁的、游离的甚至无神的，充满迷惘与慌乱。这些婆婆纳、看麦娘、播娘蒿等有着亲人名字的草，远距离落生在人类视野里的草，被无数人冷漠地踩在脚下的草，是否一样凝结着我们亲人般的血脉？这一伟大的发现似乎赋予我神圣的职责与历史的使命，使我必须与草为伍，和草对话，用草语与高高在上的人类对话。就这样，我必须俯卧在草丛里，对着草们，一声又一声地，轻唤母性的名字：婆婆——哪（纳）——

我是在那片起伏的原野上与婆婆纳相遇的。自然、宁静、素朴与缄默的原野，褐黄色的土壤和稀疏的树林，随着一层层历史翻阅的册页，向上，起伏，汹涌，直至连绵到空中的云朵；向下，一页页翻阅抒写，随着蜿蜒的载着古老秘密的河流远去。我有必要在此赘述下。这片古老的原野，一万年前是一片原始的森林，江苏境内最早的类人猿化石就是在此地发掘的，即所谓的双沟醉猿。双沟是地名。

这是个火与水燃烧的原野！当我闯进婆婆纳的视野时，我是坐在远去的列车上的。我是在平静与迷失的途中偶然遇到婆婆纳的。当时我还不知道那叫婆婆纳。当那漫天卷地的绿层层翻卷上来，不断撞击我的眼帘时，我彻底坍塌了，人生的迷茫、生存的忧患和物质的欲望还有抛不开的名利瞬间化为灰烬，取而代之的是这些蓬勃的生命，充满无限碧绿的生命个体。清淡、素雅和纯净以及天地间的大美都在其中了。

好个疯狂的婆婆纳！密匝匝的，绿绿的，匍匐着繁盛在寂静的远离尘嚣的这片原野上。这种生长到极致的植物，生命的尽头等待她的是什么？绿得重，长得盛，抵达巅峰，之后便是悬崖深谷。我去过兴化，看过那传说里的铺天盖地的戴窑油菜花开。所有的花中，我最见不得油菜花开，花开时绚烂之极，直到最后曲终人散，落个凄凄惨惨戚戚之黯淡光景，满地落英，无数愁容。恰似泰戈尔所言，死如秋叶之静美。我不知道如此葳蕤、蓬勃的婆婆纳，遗世独立在这苍凉的原野上昭示着什么。现在，这片原野一片苍茫与寂寥，偶然的声响只是上空疾飞的鸟群。

列车短暂停息的片刻，我透过车窗细细打量这卑微的植物，小而圆的叶子，点缀着一小朵一小朵米粒般大小的蓝花。那种蓝，是湛蓝天空深处的蓝，是大海中心的蓝，是蓝布花裙中央的蓝。匍匐生长的婆婆纳，在空旷的原野上，似乎天空低下了身子，大地挺起了胸膛，天地间唯有这无人喝彩的婆婆纳，汲取天地之精华，绽放出惊世骇俗的美！任何一位过客看见了，我相信都会为之疯狂。或许，正四处漂泊奔走的人，在一刹那会有永恒的思考。

沿着婆婆纳，我回到故乡。我在故乡再次看到了她的笑容，看到了素朴与卑微的一种叫婆婆纳的野草，她远远地躲在农人心门之外。我走在坍塌得露出脊梁与白骨的阡陌上，凝视着一路的婆婆纳。散漫或密集的婆婆纳啊，如大地厚实的绿衣，覆盖在这打满补丁的大地上。每一片荒芜，就是一块补丁，一个看不见深浅的伤口和无法言说的痛。婆婆纳，这样细腻地审视着大地上发生的一切，然后默不作声地弥补一切，之后，在绿色的世界里，伸出一朵或者两朵蓝色的火焰。

婆婆纳的名字最早见于明周王的《救荒本草》一书，可谓历史久矣。可是在我们生活的空间里，谁看见过她的面容？在幸福的时刻，谁会看见俯身于地面的植物？颇有意味的名字，谁能解读？我至今也无法参透婆婆纳的隐喻。

婆婆纳，给人的第一感觉，她不是一种草甚或是一株野草的名字，而是一位亲人的名字，是呼唤亲人的音符。婆婆——哪——婆婆纳——是乡村古树下在做针线活的婆婆，是缝补着日月的乡间农人。婆婆纳，这个有着苍老意味的名字，嵌着个充满母性的动词——纳。纳鞋子，给远行的游子，给膝下的孩子；纳鞋垫，给待出阁的女子，或者远方的小伙子。然而我最担心与最爱想象的是“婆婆”

和“纳”的组合与融入，这呈现的是一个沉重与沧桑的劳作过程，生锈的顶针，赭黄的笸箩，还有白发苍苍的老人，在夕光下的黄昏……我曾经听祖母说，大地上每一株植物，都是一盏灯；大地上的每一株植物，都是一个人的魂魄；大地上的每一株植物，都会对应着一个人。我想知道，这婆婆纳到底会是谁呢。祖母，母亲，还是我？繁星点点的婆婆纳，是祖母手中密密麻麻的针脚，缝补着乡村的时光之衣，缝补着大地上的裂口。而盛开的蓝色花朵，像个人性的容器，盛满梦幻之美。

对婆婆纳的理解莫过于16世纪初期的王磐了。他在编辑成书的《野菜谱》里把她唤作破破衲，还编了首三字谣：

破破衲，不堪补。
寒且饥，聊作脯。
饱暖时，不忘汝。

这破破衲是如何变脸成婆婆纳的呢？一说其叶如衲，故而得名，有人说其果实与婆婆针线用具相类。江淮有儿歌：“婆婆辣（纳的谐音），婆婆辣，揪掉你的头，掰去你的杈，看你对我小媳妇还辣不辣！”这是过去童养媳对地主婆血泪的控诉了。旧社会的童养媳，和婆婆纳有何区别？一样的卑微、渺小，谁也不会在乎她们的，她们就如地上爬行的蚂蚁，随时可能一命呜呼！可惜那些女子，纵然千般姣好，又怎敌俗世尘埃？偶尔的寒风冷雨，甚至一阵秋风扫过，生命便萎然飘零。如此这般，是否她的名字是一种呼救？婆婆，请手下留情啊！

乡间野草中带有“婆婆”二字的还有婆婆丁和婆婆针。婆婆丁就是蒲公英，采撷过蒲公英的人都知道，蒲公英的主根突出，经年的根还覆盖着一层厚厚的黑，似一根铁钉，钉在大地的肌肤上，给人以疼痛之感。而婆婆针就是鬼针草，顾名思义，其样态可想而知了。这么多的“婆婆”字样，有谁知道她的前世今生？

世间每一种草总是充满着隐秘的深意或者意境，如这婆婆纳。圆形的绿叶，蓝色的花，密集的簇拥，这一切看似是上帝的造化，是与生俱来的姿势，是生长在大地上的背影，实际上背后的故事充满着无法探知的神秘与精巧。

我国在明代已经有婆婆纳这个称呼了。旧时采婆婆纳，是民间抵御灾害的活动之一，尤其江淮地区。“婆婆纳”，又称“破破衲”，一种野菜。明《救荒本草》曰：“生田野中，苗拓地生，叶最小，如小面花黡儿，状类初生菊花芽，叶又团边，微花如云头样，味甜。”灾年乏粮，夏历二月，采其茎叶，可充饥。食法：“采苗叶炸熟，水浸淘净，油盐调食。”明王磐《野菜谱》有《采破破衲》歌：“破破衲，不堪补。寒且饥，聊作脯。饱暖时，不忘汝。”江淮民间挑野菜的少年，常模拟童养媳口吻，边挑边唱：“婆婆辣（纳字谐音），婆婆辣，揪掉你的头，掰去你的杈，看你对我小媳妇还辣不辣！”

婆婆纳，居然有这许多奇怪的名字，是我们打破头也无法构思出来的，卵子草、石补丁、双铜锤、双肾草、桑肾子等等，更为神奇的是，一系列的名字居然涉及人类的根本，从内心出来，以肾脏的名义生长。婆婆纳，难道是一种关系到生命的草族，是我们生命的保护神？圆形的形状，是否代表着世间圆融的佛家境界，密集生长是否对应着大地上每一匆匆行走的过客？

这不同寻常的植物，居然以草的形式在民间行走，匍匐着，贴着泥土，以最卑微的角度。也许，世间最伟大的事物，总是以最卑微的形式出现。如凡·高，画出震惊世界的画作，却以猥琐、贫困和潦倒、自尽的形式存在，直到他逝世后，人们越过生命、物质和鄙夷、不解甚至是诽谤，终究还是抵挡不住向日葵那艺术的、惊艳的光芒。这是超越时间与世俗的惊奇，是一种时间无法解读却不能否定的、无法企及的高度与境界。在向日葵的天空下，凡·高与艺术很近，与自然很近，与物质很远，与烟火很远。

窥探婆婆纳，你还会发现她的性格迥异，淡，凉，是看淡时间的灯红酒绿，还是悟透人间的世态炎凉？就把淡定与炎凉收拢于一簇绿色里，收拢于层层叠叠的枝叶间，然后从草丛中开出一枝蓝色的花朵，好似婆婆们手中那根闪亮的长针，沿着乡间裸露的大地，沿着荒原苍凉的背影，开始一针一针缝补，缝补这个原野、这个乡村以及生活在世间的人们。

因此，婆婆纳是一种药，一种医治肉身与世态炎凉的草药，火与光、精与血的琥珀，抵达身体，抵达经血，抵达诗意生活的大地。

但我更青睐婆婆纳本身，还原于生活，还原于植物生命的本身，人与物，物与人，两者有何界限？人与物，都在各自生活的轨道上存在着，草有草的草场，人有人的家园，互相依赖，互相陪伴。人与植物，本身就是两个不同的宇宙，谁能跨入两界？可惜，自以为聪明的人们，总是以自己的解读为是，看着果实形状酷似老婆婆做针线用的笸箩，两面各有凹槽，如细密的针痕，就将其命名为“婆婆纳”。更有善于联想的人，把花朵作细腻解读，花瓣中较大的是“婆婆”，接纳较小的位于内侧的“媳妇”之意。这充满人情味的名字，似乎可看成人类自身的隐喻。中国传统特色的家庭关系中，婆媳关系最难解开，人类把钥匙交到自然的手中，就如婆婆纳，贴着地面，低调、谦卑、贤淑与美丽。而我则更喜欢把婆婆纳想象成乡间的小媳妇，在青砖灰瓦、古色古香的江南建筑中穿行，摇曳的身姿，化作那块飘飞的蓝色印花布，那抹无法抹去的深蓝。

我不是色彩学的专家，但我不能不谈谈婆婆纳的蓝。俯身细看婆婆纳，你会发现蓝色花瓣中勾勒着深蓝的脉络，犹如青花瓷，高洁与淡雅，还有神秘。从植物学中得知，自然界中蓝色的花朵是很罕见的。这低处绽放的婆婆纳，微小的蓝，卑微的蓝，用一只稚嫩的小手，在大地上擎着，给谁看？飞鸟？疾飞的背影只看见远方的碧落。给行人？他们只关注那些灯红酒绿。但婆婆纳，那闪烁着灵魂之光的花朵，在最低处开放一片蓝。蓝得透明，蓝得纯粹，蓝得生动。她有着海的影子，是否是立体的海？从辽阔中凝结成一朵，有着浓盐的味道。或许是来自西藏的天空，撷取一片蓝，干净，澄澈，深邃。

张爱玲一生与蓝分不开。在她的作品中，蓝色是人生的无常，是神秘的影子，是无法言说的忧郁与苍凉。在《私语》里，张爱玲引用Beverley Nichols（贝弗利·尼克斯）的诗："在你的心中睡着月亮光。"她说："我读到它就想到我们家楼板上的蓝色的月光，那静静的杀机。"在《沉香屑——第一炉香》中，她写道："丛林里潮气未收，又湿又热，虫类唧唧地叫着，再加上蛙声阁阁，整个的山洼子像一只大锅，那月亮便是一团蓝阴阴的火，缓缓地煮着它，锅里水沸了，咕嘟咕嘟地响……"极具天分的张爱玲，于小说作品中融入蓝的意象，包裹着她对人生的思考和对人性的暗示，道出她对生命的独特感悟，看似随意，实则透着深重的心机。

我得仰望婆婆纳了。在看惯艳丽的大红大紫之后，在经历高山深渊之后，人的一生，必须学会贴着地面飞翔，像婆婆纳般，匍匐着，从平淡中，开出自己的蓝。没有功利，少去世俗，任其自然，与自然融为一体。德国文艺复兴时期的绘画大师阿布雷希特·丢勒在《青草地》中说：“受自然的引导，不要丢掉这一点，别指望自己抛开自然的引导还可以做得更好，你将会被引入歧途。因为真正的艺术就隐藏在自然之中。”人，要是以自然的姿态，以一株植物的方式存在，你将会发现本真的自我。繁华落尽见真纯。

让生命开出蓝，或许我们对着深爱的生活或爱人会更添几分精彩。“我却深幸我曾爱你——想想那/让一株婆婆纳变蓝的所有阳光！”（王尔德《因为我曾深爱过》）

灯笼草

原野上的红姑娘

这些在乡野上一直默不作声的植物，在我看来，就是油画上色彩柔和的静物，你看她一眼、两眼甚至无数眼，她依旧待在那儿，无风无月无故事，超然于天地间。在物欲横流的当下，在处处密布算计与陷阱的今天，谁还傻头傻脑地保持冷静？灯笼草，越过都市芜杂与充满欲望的目光，触动我内心的守卫。我知道，再坚固的城堡，只要内心开裂，注定是要坍塌的。现在，我就很彻底地坍塌在灯笼草的身旁，回到一棵草的身边。

我并不是刻意要回到灯笼草的身边，这是偶然，当然也是必然的选择。除此灯笼草，还有什么植物可供选择？

那些昂贵的罕见的植物早已走进都市的花房或者阳台，等待她们的是圈养与娇生。其实，用村上那些对大地有着深深眷恋的老人的话说，回到旷野里，你注定会与灯笼草相遇。老人的话一半模糊一半准确。模糊的是，当下的乡村早已人迹罕至，偶有生气的只是一些零星的老人，只有他们留守在乡村。庄稼坍塌，河流消失，树木隐藏，村庄老去。空荡荡的村子，空荡荡的旷野，空荡荡的日子。漫天的野草以无比疯狂的速度涌上来，看这情形，用不了多久，村庄就会彻底淹没在这野天野地野草中。准确的是，这群野草丛中注定有灯笼草的身影。老人说，灯笼草是属于乡村的，流动着草根的血液，与城市无缘。的确，我在查阅古书时，就发现了这个有趣的事实。按照书上说的，灯笼草的叫法是属于乡村的。其实她还有许多有趣的名字，如挂金灯，这是皇宫的叫法；还有王母珠、洛神珠等，这是官宦人家的叫法。东北、河北一带的人称她为红姑娘儿，或者姑娘儿，亲切的成分浓。实际上，学者们早已科学地界定过其学名：酸浆。

我偏爱灯笼草这个民间的叫法，其中似乎充满着血缘的亲近。我和灯笼草一样，都来自底层的大地，曾经与灯笼草一样，匍匐着，从低处生长，向着高处攀登，一心以为高处是明亮是灿烂是未见过的神奇的世界。所以，灯笼草在无人处发芽时我们也开始长大。她长叶我们也长叶，她开花我们离开了老家。半米来高的灯笼草，一直就以这样的海拔在生长，开花、结果。由花到果，由青转黄，由黄到红，直到大雪压境，灯笼草才化作乡村门楣上的红灯笼，继续照彻乡间的夜。而我们早已在灯笼草的光亮中，迅速地逃离村庄，逃离旷野，蹿进都市的灯红酒绿中。从此我们远离村庄，远离大地，以为自己永远身在高处了。

村里的老人常看着我们这些外出漂泊追逐的年轻人叹息："人再高也高不过三寸之草。"当我俯身低处时，才看清高处，才悟透老人的叹息。人终有一天会回到草的身边，而草就迈着千年不变的步伐，踩着时间的节拍，一步步挪过殷商、春秋乃至唐宋元明清……再回首，过去人烟散尽；再相见，早已是陌路人。唯有灯笼草之类，依旧在风中潜滋暗长。

现在。此刻。我沿着当初老人们的预言，沿着那拐杖敲击地面的鼓点，马不停蹄地回到草的身边，回到灯笼草的身边。寻找，是我俯身的姿态。从哪里失去，就从哪里开始。我开始明白，草的走向就是生命的走向。我与灯笼草是有血缘关系的。不信，你看这血脉，至今还是红色的呢。打量灯笼草，你会发现，这大地上的草，真是隐藏着多少未知的神秘。这些一秋消失的草族，转瞬即逝，却硬是坚韧。灯笼草，虽是草类，却有着树的气场。春来如老树盘枝，舒枝展叶，分花吐蕊，不久就开出浅黄羞赧的小花。至夏则花瓣落去，深绿色的果子被绿色的果囊包裹着，渐渐膨胀得像一只只绿色的灯笼，在草丛里躲躲闪闪。到了秋天，红红的果子如灯盏，开始次第点亮大地的秋天。这是彰显一棵草的生命价值，还是用别样的方式在大地上呈现着什么？

走近植物，成为植物中的一棵，是我生命般的幻想与渴望。哪怕就是成为这些贴着地面匍匐生长的草，最卑贱的草，最低处的草，甚至一些莫名的尘埃、无缘无故的水都会把她淹没的草！世间就是充满神奇。往往越是卑贱的事物越是高挂在人类的高处。在人类的图腾史上，曾经有多少不起眼的风物，桃符、艾草、草纸等都会走向神性的未知空间。我惊叹于植物的生存哲学。比如这灯笼草，唯一的目标就是活着。在春天来临的时分，活着。抽出属于自己的枝叶，结出自己的果实。一切的努力都围绕着活着，围绕着春光。不在意生存的环境，不在意花朵的硕大与微小，不追求果实的甜美与赞誉。花开花落，月圆月缺，流光潋滟，风流雨打风吹去。她活得简单、单纯甚至清心寡欲。哪像人那般负累？恰如柳宗元笔下的蝜蝂："蝜蝂者，善负小虫也。行遇物，辄持取，卬其首负之。背愈重，虽困剧不止也。其背甚涩，物积因不散，卒踬仆不能起。人或怜之，为去其负。苟能行，又持取如故。又好上高，极其力不已，至坠地死。"倒地而死的不只是蝜蝂，估计也是人类自身。

回到植物身边，回到自然的怀中，这已经是越来越多人内心的渴望。我以为，我们人与草，不是天然陌生与决裂的。我们是有生命的基础的。如果硬要扒开我们臃肿的皮囊，在花天酒地的深处，一定会有一丝自然的气息。植物的水分在暗中呼吸与潮湿着。那也许就是我们没有熄灭的灯盏。这也是我们这么多年执着于回到乡下的理由。在乡间，和一些上了年纪的老人聊天，终有豁然开朗、拨云见日之感。山水隐去，只剩下真淳。老人们对植物的感受就是自身的感受。

老人告诉我，植物的第二波开始涨潮了。顺着老人的手指望去，天地间，逐渐坍塌的村庄、大地还有匍匐的阡陌渐渐在青草的覆盖中隐去，各种无名的草从四围涌过来，是绿色的海，是碧绿的潮水。我相信老人说的话，我更加相信老人说的，终有一天我们人都会钻进草丛里，直到消失不见。天地间只有灯笼草、把根草、芨芨草、灰灰菜等植物。老人感叹道，人类又到了吃草的时代了。

老人絮絮叨叨。曾经，大地上到处是草，家前屋后，沟渠山野，无草不生。一点土壤，也会长出碧绿来。庄稼成了电视剧中插播的广告，昙花一现。吃草，成了当时生活的主旋律。马龄菜、荠菜、灰灰菜、车前草等等，都曾在铁锅与柴火的炙烤下走上青黄不接时代的餐桌，走进饥饿的胃部。少年时期的老人最爱的就是去田野里玩耍。彼时的田野就是天然的植物园、野生的果园。那时，很多的乡村娃是不知道苹果、香蕉和芒果什么样的，“水果”二字只是书本上可望而不可即的词语，在梦中飞过。水果走进乡间的字典，就是指这些漫天满地疯长的野果。什么喇叭瓜、枸杞子、狗牙蒜、野草莓、灯笼草，都是他们上等的水果。从乡间走来的娃子，哪个不是从泥土上走来的？

哪个不是嚼着草根长大的？老人饶有兴趣地回味着灯笼草，神奇的草。她的果实开始是碧绿的，藏在那青色的壳中，在阳光和山野的风的滋养下，逐渐由青转红，外面那层壳则变得菲薄，薄如红色的蝉翼，在蝉翼中深藏着红色发亮的果实。此时你咬上一口，酸透心扉。

植物都是有感应的。这灯笼草就是其中之一。你从来没有见过那般情景。那年月，不知何故，这些带有野果的草族变得特别泼皮与旺盛。整个旷野中，随处可见。似乎就知道在危难之际给人类送上救命的口粮。无声无息，无言无语。一切都在等待与守望之中。老人至今保留着耕种的习惯。一个菜园子，成为他毕生的陪伴。吃的青货都是自己种植的。老人说，自己种的蔬菜，接地气，接人气，吃上去神仙般爽心。的确，谁能想到如今反季搞乱了蔬菜？在金钱的诱惑前，什么膨大剂、增长剂、杀虫剂等一股脑地走进植物的生长中，人类的双手在杀戮尽动物之后，又伸向这碧绿的植物丛了。

在村里转转。我觉得老人的话一语中的。村庄越来越瘦弱了，树木越来越稀少了，就连那些鸡鸭也早已不见了声响。虫子们的叫声则呼啸而来。而这些灯笼草也渐渐随着断壁残垣的村庄开始跃跃欲试，走向村中。苍老的面容，留守的村娃，这些熟悉的面孔似乎又回到了从前。

人工的生息越来越单薄，自然的气息越来越浓重。大地似乎又恢复了平静。

我觉得有必要再谈谈灯笼草的事。一写到这个灯笼草，眼前就有一盏盏灯笼在枝丫间高高挂起。在夜晚次第照彻。她所照彻的也许不是过客，而是大地，是身旁无垠的大地。虽然是微弱的光芒，但挡不住无数盏灯笼草灯，站在秋天的高处，闪亮。来自民间的野生植物，带着民间的图腾，在大地上生长着。她是属于农人的，属于大地上每一个看见她的人。

公元前300年，《尔雅》中即有关于灯笼草的记载。南朝医药家陶弘景曾经描述："处处人家多有。叶亦可食。子作房，房中有子，如梅李大，皆黄赤色。小儿食之，能除热，亦主黄病，多效。"清朝初年著名词人纳兰性德独具慧眼，将别人不屑一顾的"红姑娘"（灯笼草）写入自己的词作《眼儿媚·咏红姑娘》中："骚屑西风弄晚寒，翠袖倚阑干。霞绡裹处，樱唇微绽，靺鞨红殷。"清朝文人樊彬不甘落后，在《燕京杂咏·历代旧闻》中云："短莎移塞上，誓俭种深宫，偏有红姑娘，秋来相映红。”这些都是晓得灯笼草光亮的，无愧于民间的音符。她虽生于民间，长于民间，但她的光芒是整个大地的。

而让我对这无名草产生宗教般虔诚的是来自身边的故事，与灯笼草有关。我一位朋友得了绝症。这是他自己的话。无数家医院早已给他判刑：无法医治，只能等待奇迹。三十而立的他不甘心，不相信世间有治不好的病。他听说草头方治大病，就四处搜寻民间草方，宁可信其有，把能找来的方子汇聚起来，其中就包括灯笼草，然后对照药单开始了草药生涯。现在，我是无法想象他那熬药吃药的痛苦与无奈的。让我惊诧的是，他的目光最后聚焦在这贴着地面生长的草身上，这低处的目光，这从生命最初的源头开始，最后又找回生命的碧绿。经过一两年的胡抓乱挠地吃草，吃草，他居然病愈了。这活脱脱上演了一幕立体的中国民间中草药传奇。直到今天我依然无法理解。治好他的病的到底是灯笼草的哪种元素？我想，他或许从这草里看到了植物的秉性、生命的成分以及灯光。大地上的每一种草，都是一味神奇的药，对应着每一颗灵魂。

我为这个来自民间的名字叫好！灯笼草，带着光亮的草，在大地的每一个角落，伫立在风中闪烁着光芒。灯笼草再次覆盖大地的时候，就是红灯笼照亮大地的时节，也是生命回归自然的时分。我们就以草的方式，在四季的轮回中活出生命的亮光来。

问荆

把肉身交给植物

徜徉于乡间，看着空荡荡的村子与日渐稀少的农人，那些沾着泥土血契的泛黄句子从我脑海里冒出来：“日出而作，日落而息。”在这劳碌的归宿背后，农人是否真的可以酣然入梦？科学是这样解释的：污染物在经过迁移、转化和降解后，最终在水、沉积物、土壤、大气和生物体等环境单元中沉积和分配。嫁接到人类身上，那最终的归宿就是空气、水分与黑黝黝的泥土，素朴在天地间。“一盏和一盏路灯相距很远，一段明亮与明亮之间是一段黑暗与黑暗，我的影子时而在明亮中显现，时而在黑暗中隐没。”（史铁生）当天色已暮，无数踟蹰于旷野中的人啊，草色青青之上，将如何走回家园？

我是在寻找最卑微的草丛时无意中与问荆相遇的，她若照明的灯盏，瞬间眼前一片光亮。这个奇异的名字，这个袒露着骨感的植物，一旦走近她，你就会有一种伤筋动骨、难以愈合的疼与痛。

问荆问荆，拷问的问，荆棘的荆。拷问什么呢？拷问那些布满刺的坚硬的障碍物，它们密匝匝地长在你必经的路上。是一种宣言，还是一种高度，一段象形的文字？荆，无形与有形，具象与抽象，虚与实……世间有多少事与物都是别样的荆棘？

问荆，是乡间常见的一种杂草，一种没有种子的杂草，而且泼皮生长。山间、沟渠或是草甸，都有她的足迹。庄稼是不喜欢她的，由于她的存在，麦子、大豆、谷子等总会受到不同程度的伤害。在农人看来，一切伤害庄稼的草，都是草，都是火与灰烬，她们最后的结局是肥料，即庄稼生长的催化剂。在农人们的眼中，庄稼高于一切，生存高于一切。

走近问荆，我们发现她还有许多充满趣味的神秘的名字：接续草、挫骨草、笔头草、木贼、猪鬃草、节节草等等。这是一串包含着形象与实用哲学意味的名字，高到涉及骨血，低到涉及猪的胃。她居然与骨、血有关。原以为那一节节，是腹中空空，是徒有其表，没想到碧绿的汁液里竟隐藏着多种深邃的元素，抵达骨骼的核。

据古书记载，这种草提取的汁液可以止血，养护骨骼，还可以明目。原来，她居然还可以作为人类治病疗伤的药。

也许懂英文的人还会如此联想：问荆这一植物的英文是马和鬃毛的单词缩写。你打量问荆的孢子，会发现它恰似马的鬃毛；风中摇曳的身影，正是她漫山遍野嗒嗒的马蹄声，马的形、马的神一下子凸显出来，旷野里瞬间滚动着千军万马的声响。

问荆、节节草、接骨草等，是谁起了这些充满个性的名字，一下子把谦卑的草抬升到生命的血与骨的高度。若没有这样的名字，或许草木一秋，化作炊烟一缕，随青烟袅袅消失。由此看来，世间没有哪一种事物如草一般，低到尘埃里，低到泥土的低处，低到生命的低处。问荆，纵然能接好你的骨头，止住你喷涌的鲜血，支撑着你在世上的行走，她也只不过依旧是一株野草，一株山坳里自生自灭的植物。

大地幅员辽阔，这辽阔也是属于草的，只要有泥土和合适的环境，她们就会偷偷地从大地的深处钻出来，把自己呈给世间，相遇或错失，生或死，旺盛或枯萎，都随风消失。来年，依旧是一片青色。这问荆似乎内有禅意？生生死死，明明灭灭，照亮的一刹那，则是在守护受伤的骨、流失的血，用自己的躯体延续人类的生命。

人活一世，草木一秋。站在大地上，草与人，都是大地的苍生。一样的泥土，一样的高度！

除问荆外，没有一种植物靠气节伫立在风雨中，赤裸着，一站就是千万年。春天花开时分，问荆从黄土的松软中拔节而出，一节节，向着天空生长，笔直的腰杆，笔直的仰望。她是在凝视天空中拂过的流云，还是在凝视转瞬即逝的飞鸟？问荆，赤裸着灵魂与思想，光杆一个，立于大地上，呈现的是气节，宁折不弯。空旷的原野上，把自己打扮得像个农人，在阳光与风雨中。农人与问荆一样，仰头面对的是苍天，俯视的则是厚重的黄土。他们最经典的模样就是，一具犁或者一把镰，把粗布麻衣挂在庄稼的枝头上，赤裸着胸膛，任阳光布满褐色的脸庞与饱经风霜的目光。对待土地甚至对待生活，他们是没有任何言语的，掘土，生活，老去，埋葬，这一生就消失了，一把最后的灰烬随着时间化为尘埃。如问荆般，他们活得纯粹，活得沧桑，活得冷酷，活得自然。

“青竹竿，十八节，长到老死没有叶。”这是问荆的写照，还是农人的写照？农人，从土里赤裸地生，在土里赤裸地活，赤裸地逝。我看到过农人的离去。我见过繁华与苍凉的离去场景。让人伤感的永远是那苍凉，一张破织席或半张残缺的黄纸，盖住了天与地，还有留恋的人世，在看不见的青烟里化作虚无。唯一支撑与叩问大地的哟，一把农具和单薄而卑微的生命！

从身姿上看，问荆是最火的裸模，裸着青翠，裸着骨气，还裸着忠贞与古老。论起历史，按资排辈，就是被誉为古生物化石的苏铁和银杏也无法与她相提并论。最早发现的问荆，是在古生代的晚泥盆纪，距今至少有三亿六千万年，弥足珍贵的是与问荆同时期的植物都灭绝得差不多了。就这简陋不堪的植物，没有花与叶，却穿越时间的冰川江河，抵达今日，不改生命本色。谁能穿越时间的尘埃，不随之沾染与改变？人类是做不到的。放眼看繁华都市，多少从泥土上爬起来的人，忘却乡村，背叛泥土。

我把目光再次栖息在问荆身上，不问荆棘，问苍茫。据说，多少问荆在石炭纪时期，漫天遍野疯长，占领整个原野，到了二叠纪，意外发生的地壳运动，使地球的表面部分翻了个身，一片碧绿化成乌黑发亮的煤炭。这微小的植株光秃秃的植株充满蓬勃生命的植株，居然在碧绿的内心深处，还守卫着一块炭，一束小小的火焰，时刻在温暖着人类。

青竹竿，十八节。为了这节，我们曾到处寻找长够十八节的问荆。偶然在郊外漫步，于荒野碎石中，发现残存的问荆，在高低起伏的土坡上，长有一尺两尺高，节节青翠欲滴。民谣说，人人都是问荆草，不知哪节先变老。是啊，不老的问荆，人以何堪？春来秋去，几番轮回，渐渐地旷野隆起一个个泥土臃肿的疤。

新疆诗人沈苇在《植物传奇》中写道，每一种植物都是一个传奇，是身世与起源、形态与特征、隐喻与象征的综合体。每一朵花，每一株植物，每一棵树，都是世界的中心。姑且不看那绝世的花束或者葳蕤的森林，但看这一株低到尘埃里的问荆，对农人乃至人类都是一种隐喻。这株孢子繁衍的植物，穿越千万年的风声，遇水弹开，落地生根，黑褐色的根，深深扎入地下，旷世独立。一路涉水而来的问荆，素朴的模样，一副没心没肺的面容，到底在大地之上想呈现什么？是绿意，是节气，还是农人般，匍匐在大地上，活着就已经足够了？不需解读活着的理由，存在就是存在。

一种植物，越过无限时间，不改物种，我们对忠贞的理解就更加深刻了。有趣的是，问荆春天生长时候，总会把自己的头脑装扮成一支狼毫，似乎天空或者苍茫的时间是她写不倦写不尽的稿纸。

这就是她笔头草别名的来源了。实际上，更让人想用哲理解读的是问荆的又一个名字：木贼。“木贼出秦、陇、华、成诸郡近水地。苗长尺许，丛生。每根一干，无花叶，寸寸有节，色青，凌冬不凋。四月采之，茎干糙涩。”李时珍在《本草纲目》中记述：“此草有节，面糙涩。治木骨者，用之磋擦则光净，犹云木之贼也。”世上有偷钱偷物之辈，却没有偷木之人。问荆表面粗糙，能够打磨木器，吃去木屑，故得了个“木贼”的名称。匠人多用于打磨硬木家具、象牙等工艺品。粗糙与细腻，原来并不是一对天生的反义词，却是孪生兄弟。我把目光再次凝视在名字上——问荆，荆棘的荆，她问的是荆棘的荆，是原木家具上的粗糙，还是时间或者尘世里的芒刺？细腻生于粗糙之中。对那些被问荆亲密过的木质家具或者精致的工艺品我心怀羡慕，它们是幸运的，因为在生命与生命之间，它们得到了一种磨砺的温暖，一种生命对生命的温度、破碎对破碎的慰藉，是同病相怜还是生命的另一个华美转身？在肌肤与肌肤、疼痛与疼痛的耳鬓厮磨中，传递节气，传递拷问。木贼，以木为营养的植物，长大后会成为什么样子呢？

这事牛羊给出了答案。问荆草有毒，牛羊不食。是真的有毒，还是不对牛羊的胃口？偷木吃的植物，想必胃内是木质的聚合，是火焰、坚硬、气节的集合，是忠贞的守卫，谁能轻易咽得下？即使咽下也无法消化。偶有不识好歹的牛羊们，用锋利的牙齿与问荆对抗，也只是微小的一节，扬起头，对着远方，小心翼翼地咀嚼着，一下一下，似乎在吞吐与躲避着什么。

木质养大的问荆，与木质农具养大的农人似乎殊途同归，用温暖对着肉身，在大地上行走。失去水分的问荆与老去的农人一起走向泥土，来年的春天，又是一片葱茏。

《巫士唐望的教诲》中，唐望是读懂植物内心的人，他用树枝挖出曼陀罗的根，切块、包扎、蒸煮、晒晾，一点点贴近，一寸寸感知，每一步都像膜拜，直到人与植物的习性相容。

多么奇特与庄重的仪式！我对这些古老的植被同样是充满无限敬意的，在生命的序幕或者终结的旅途上，我渴望的是“沿途，植物残酷地茂盛，像飞扬的长发/触摸我的指掌”，我期盼的是问荆、水绵等植物用她们的绿抚摸我的肉身与灵魂。在永恒与虚无之间，肉体呈现植物的光芒，这是我最大的奢望。人的一生多数在虚无与奢望中终结。或许脚下的水与土，才是我们生存的元素。把肉体交给植物，现代的疲惫的枯槁的肉体才可能获得新生，才会返青与葳蕤。

1998年去世的英国著名诗人泰德·休斯认为，“现代人已经失去了与他笔下之自然的最基本的接触”。人类与问荆、浮萍等植物，最初是相依为命，和谐共处，而人一旦越过那条生存的鸿沟，昔日便烟消云散，一把火化为虚无，只剩下吃人的名与利，自然，只不过是欲望的狂野。“当人类向着他所宣告的征服大自然的目标前进时，他已写下了一份令人痛心的破坏大自然的记录。”卓越的预言。可惜人类依旧在伤痛中忘却伤痛，何等可悲与可怜？毁灭植被，在植物撤退或者消失的路上，人类正走向极端，走上最后的绝路！

梭罗说，人类是自然的居民，是大自然的一部分，唯有通过对自然的观察和学习，才能找到生命的真正意义，得到健康的发展。然而对于自然，人类不是认识与寻找，而是发现与破坏，甚至毁灭濒临灭绝的植物。

现代浮躁喧嚣的人哪，在荒芜、利欲熏心、日益苍凉的社会里，如何求得内心的安静与安宁？把肉身交给植物吧，活出一棵植物的光与影，活出一个植物的四季，像比利时作家梅特林克那样，以一棵植物的光亮站在阳光下。他啊，把卑贱的植物置于神之灵位、宗教之庙宇。梅特林克最大限度地返回到植物的本色，他把对植物的抒情推向极致，他教人类学会用植物的方式思考和生活。

从某种意义上讲，把肉身交给问荆，就是在生命这个旅途上，我们要保持内心的安静，看清楚自己肉体中的那管绿液与气节，用木质的自然思想滋润它，使它拔节。

益母草

旷野里的脐血之亲

我对自然越来越充满敬畏，准确地说，是对那些有名或者无名的贴地生长的野草敬畏。就是这样一种弱势的植物，在低处，在山野，甚至在人迹罕至的地方，用悲悯的目光打量行色匆匆的世人。高昂着头的世人，是不屑低下高贵的头，向脚下的植物投去怜爱的目光的，谁也不会在意锃亮的皮鞋下野草的呼喊。随着我对野草的认识深入，在走到家乡葫芦岭的益母草跟前时，我忽然有了种顿悟，从苍耳、车前草等植物到益母草之类，每一种草都是一种药，而且对应着人类肉身的里里外外，从五官到四肢，到内脏，到血脉，无所不至。这野草还叫草么？我不能回答，我把目光投入益母草丛中。

葫芦岭是野岭，野就野在岭高草茂，布满神秘的未知的东西。据说什么狐仙、鬼怪等均藏匿其中。所以草也就是野草了。益母草也不例外。为人父之后，当我从母亲口中得知这草叫益母草时，有种贴心贴肺、内疚与疼痛的感觉。我喜欢这直抵心肺的名字，没有故作高深的学问，没有生涩难懂的意义。这些野草是属于民间的，也只有民间人才把这些草当回事，看得与自身的命一样重，草民嘛！那些达官显贵、皇亲国戚哪在乎这民间的野花野草，人家有的是太医御医，命比金子贵。李时珍是知晓这草是为民间而生的，却偏给她起这么个文绉绉的名字：茺蔚。或许当时李时珍看到这益母草长得葳蕤，茂盛，葱茏，所以就其形命名吧。只是李时珍老人家这么一起名，把这益母草与民间拉开了距离。

当然，起这么文学性的名字，李时珍老人家不是第一人。最早的莫过于《诗经》中的记载了。在《国风·王风·中谷有蓷》中，赫然给了益母草一个更加奇怪的名字：蓷（推音）。是拒人千里之外，还是推着命运向前行走？我实在想不出这蓷与益母草有何联系。古人真是浪漫。然而让我心生悲悯的是，早在几千年前，益母草就和一位母亲结下了缘分。“中谷有蓷，暵其干矣。有女仳离，慨其叹矣。……”令人扼腕叹息的是，益母草从枯槁到衰败到烘干最后的水分，由鲜活的生命到风干的枯草，消瘦的是形体，而诗中的那位弃妇啊，却要在时间的深处忍受着心灵的枯槁。这阳光的植物，可以医治好身体的疼痛，却无法医治唤不回丈夫的绝望之痛。我很难想象，在经年丈夫不归的日子里，那个弃妇是如何面对益母草采摘的。也许，她采摘的是一份苦苦执着的坚韧与希望。

我得知益母草的名字很迟，这源于母亲对我的封锁。记忆中，母亲每年常去葫芦岭采摘野草。做这些事时母亲总是默不作声，在悄无声息中进行，以至于我和姐姐们总是好奇地问这问那。每当这时，母亲就虎着脸，吓唬我们：“小孩子家，话真多。”说完若无其事地走开了。童年时的家似乎是藏宝地，家中土质的墙壁到处是窟窿——人工的窟窿，有的窟窿有小斗大小。那里面总是搁着不少棉布包裹的物什。我们趁母亲不在家，翻箱倒柜，意外发现那里面竟然是母亲曾经采摘的风干的野草。每年都有，只是不知道何时有，何时又莫名地消失。说起母亲来，真是好奇怪。母亲没有什么文化，但是她对这些奇花异草、女红稼穑之事谙熟于心。就拿这些花花草草来说，藏着多少神秘？直到我结婚后母亲才告诉我这草的名字——益母草，对母亲有益处的野草。原来，益母草是一味医治妇科病的草药，有活血、调经等功效。后来我才知道，其实姐姐们成年时，母亲早就告诉她们了，只是我被蒙在鼓里而已。

实际上，我对益母草是熟悉的。在童年的葫芦岭上，我们多次相遇过，游戏过。只是不知道名字而已。那时的乡村少年没有游戏的场所，更没有什么好的书。只有一片无垠的旷野和充满神秘与未知的葫芦岭。我们每日的功课就是打猪草。我记得那时我总是跟在一帮女孩子身后，一起上山打猪草。不是我胆小，而是我实在不知道什么草猪吃，什么草猪不能吃。据母亲说，有的草会把猪给毒死的。那时的乡间女孩子好似母亲，啥都知道，女红也不在话下呢。姐姐们就曾会女红，纳出的绣花鞋垫，方圆十里都啧啧夸奖。姐姐们的鞋垫不仅上色，绣上花草，还绣上诸如爱、思念等字样呢。我就这样亦步亦趋地跟在本村女孩子们的身后，做起难堪的小尾巴。当满载一篮猪草，天色还早的时分，男孩子们都满山满岭地玩耍，疯跑。女孩子们则窝在一树阴下，玩起“斗花”游戏。那紫红色的花瓣正是益母草的花朵。我们惊诧于益母草的葳蕤。挺拔的身躯，以一棵树的形式伫立着，把层层叠叠的粉艳的花朵藏于怀中。女孩子们凑到益母草旁，采摘下一束束花朵，一朵朵叠摞起来，擎在手中，就是花卉的千层塔，难怪有人称益母草是千层塔，这不是无中生有。实际上，益母草用内在的医药元素，止住女性的疼痛，是民间的菩萨、民间的守护神。

益母草，与我有脐血之亲、生死之亲。母亲生我，就是一场没有硝烟的战争，是不带兵刃却关涉生死存亡的搏斗。素朴的母亲，极其普通，是万千农家妇女中的一员，却在生我之际表现出另类。至今母亲每每说起往昔，一副不动声色的样子，而我早已泪流满面。我这异乎寻常的母亲，居然听信民间的流言，相信妇女怀孕期间不能打针吃药，否则对胎儿颇有影响。她居然忍着肚子的剧烈疼痛，发着三十九度多的高烧，任凭大把大把的头发脱落，硬是靠着一把益母草生下我。母亲说，真是多亏了这把草。如今我明白这是偶然中的必然。母亲不知道从哪里学到的中草药知识，年复一年地收集、制作草药，以备不时之需。村里人对此不甚理解：有病还有乡卫生院呢。

这些话对母亲是不管用的。每到春天，母亲就开始留意益母草。野生在葫芦岭的益母草是母亲的理想之选。没有人工的栽培，依靠自然的阳光、雨露和水分，顽强地生长，她的药性就劲道足，疗效显著。母亲对我们亵渎益母草的行为很生气。她总会从我们打的猪草中把益母草挑拣出来，洗净，置于阴凉处风干，再用纱布包裹，置于高处。她做这事的样子，似乎就是一尊佛，不许我和姐姐们玩笑与嬉戏。男孩子是不能插手的，姐姐们偶然弄下也会遭到责备。母亲说，这是女人的活计。我也见过其他母亲做类似的事，她们从益母草还在花骨朵时就开始了采摘的历程。从野地里摘下来，切成小段，放在簸箕里晾干。那时要是在乡间走上一遭，一定还可以看到少数人家在做益母草的劳作。那已经是很难得的了，做这事的多半也是上了年纪的老人家，否则谁还会记得当初的益母草？谁还记得她的香，她的花，还有那去除疼痛的汁液？

我想再多唠叨几句母亲的故事。说来令人不信，母亲斗大的字不识一个，却懂得好多种药草，什么红花草治肿痛，陈年的桂儿治皮肤疙瘩，七星草治蝎毒，还有槐树种子可以治痢疾……你可能很难想象，一位普通的农家母亲，却谙熟这么多草药，这不能不说是个奇迹。你还莫说，这些土方子，用起来效果显著，以后这一招就成为各家的传家宝。母亲居然被村子里的人称为土郎中。碰上什么疾病，首先就跑来问母亲。

母亲时常感慨，靠山吃山，靠水吃水。乡下人靠的只有这些小草了。乡下人的命是最贱的，贱到和这些野草没有什么两样。生就的草命，所以草就是我们的救命稻草。也许，这草里有着母亲的无奈与伤感。其实，生于乡间，长于旷野，有何不好？在都市里走过一遭的人，醉生梦死之后，或许会识得真纯。一切繁华，衰败之后终究要回到尘土，回到有根有草的地方。人无论高贵还是卑微，无论华丽还是朴素，无论身处庙堂还是江湖，最终都要回到一棵野草的身边。恍然如梦，生命其实就是以人字形的立体在世间行走，难道不正是一棵可以移动的野草？花开花落，无须忘形，一切皆为自然之规律。活出一种草的味道来，活出原生态的生命状态来，有何不好？历经春夏秋冬、风霜雨雪，尝尽生命的真味，不枉一生。功名利禄，到头来如浮云，遮蔽双眼，令人迷失自我而已。

再好再贱的草药，最终只能治疗肉体之疾病，心里的疾病岂是草药能抵达的？心药甚于草药。

桃花是我们村的怪女人。据说她是从西部山区逃婚出来的。没想到，从土坑里逃出来又落入火坑。在火车站遇上可恶的人贩子，最终几经辗转，流落吾乡，做了村里的女人。这是个对生命充满恐惧的女人，特别是对孕育生命这一人类传宗接代的事情无比畏惧。曾经，她正是为了拒绝对生命的孕育才逃离大山的。

桃花说，我怕。生命的分割竟然充满着死亡与新生。桃花说，我生下来的时候，母亲就死去了。长大后的我，目睹着山村里无数的女人在分娩的路口撒手人寰。隔壁堂妹花儿分娩的时候，桃花就在场，她亲眼看着花儿忍着疼痛，用牙齿咬断脐带……山区的女人，生命就像大山上那些自生自灭的野草，得阳光就活下来，没有雨露则不幸夭折而去。

繁衍，这是人类赋予生命的责任。桃花最终妥协了。因为毕竟这里不是山区，而是平原。桃花哪里知道，山区与平原，没有什么区别，都是贫穷带来的后果。乡村的人家，头疼脑热的，不是与医院亲近，而是与遍地的草药亲近。落后贫穷的农人们，一辈子可以托付生命的，就是这些卑贱的草药了，他们还可以指望什么呢？与这些草药一起生长，落幕之后一同回归泥土深处。

十月怀胎。桃花分娩的那天，竟然重复生命的悲歌——难产。桃花丈夫不顾夜雨的滂沱，跑到我家找母亲出诊。每当这时，母亲总是很抖颤与慌张，不知道如何是好。她虽然对草药有实践，可这关系着人命啊！桃花丈夫急哭了：救救桃花吧，否则桃花和孩子都没了。还是送去医院吧。母亲还是犹豫，毕竟这对桃花不公平，草药固然能起作用，可总得去医院生。桃花丈夫更加急切了，乡下人的命贱，哪有钱上医院？

母亲从桃花家回来后，伤心不已。带去的草药没能挽救孩子，大人的命保住了。病愈后的桃花疯疯傻傻。

阳光明媚的时节，桃花总喜欢到野地里采摘野草野花。母亲时常见到桃花一个人拿着一株益母草，手摘着紫色的花瓣，一朵一朵地叠罗汉，口中一个孩子一个孩子地数着。母亲见了，再次感到心痛。为桃花，为草药，还有这草命。

往事如烟。我再次对这些卑贱的草产生兴趣，不是缘于分娩与命运，而是缘于对草与人的寻觅。越过疯长的城市，看着慢慢消失的野草，一丝苍凉沁入骨髓。是否有一天，人类连最初与最后的野草也把握不住，只剩下孤独？所以，我开始纠缠这些野草，企图揭开人类与植物世界的神秘联系。这茫茫草丛，哪一棵野草不对应着生命的枝枝叶叶？这些草类似乎就是为人类而存在的。

比如这益母草，在她的内心，隐藏着人类生育的密码。一种洋溢着母性的植物，为女性而生长、开花、结果，她是女性的守护神。

益母草，闪烁生命之光的植物。唯愿那些行色匆匆的人，能停下脚步，采一束益母草，献给我的母亲们和我的姐妹们。在血水深处，给她们一点温暖或者抚慰。

车前草

重轭下的马蹄声

我对车前草有一种无法释怀的疑惑，一种野生野长的草，贴着大地生长的草，低到尘埃里，随时一阵风或者一阵雨，都会将其淹没，使她无法呼吸。然而她却有着奇特的名字：车前草。草与车有何必然的关联？在车前草这个名字诞生前，车是战车还是农人那轩辕铁铆钉制作的太平车？沿着颠簸的车轱辘声，逐渐远去，消失。只留下每年贴地落生的背影，在大自然的怀里生死千年。

我敬畏每一种贴地生长的草。你看辽阔的大地，广袤的天空，其间有多少无名或者有名的渺小的野草在生长，这沧海与一粟，谁能悟出生命的大风歌？车前草，大地上的一个微小的绿点，以占领者的身份蛰伏于路上。

车前草，车前的草，还是草上的车？读车前草的名字，总是感受到滚滚车轮碾过大地的震颤。尘烟过处，车前草抖了抖身上的尘埃，从千疮百孔中伸出头来，一边疗伤，一边迎着阳光继续自己的使命。

解读车前草，解读她繁多的名字，更容易走进车前草的内心。当道、牛遗、芣苢、牛舌草、虾蟆草、虾蟆衣、车轮菜、蛤蚂草、钱贯草、钱串草、牛舄、猪耳草、饭匙草、蟾蜍草、猪肚草、灰盆草、车轱辘菜、驴耳朵菜、五斤草、田菠菜、医马草、马蹄草、鸭脚板、牛甜草、黄蟆叶、牛耳朵棵……一长串的名字，来历不明的名字，隐藏着车前草的未知世界。《本草纲目》云："按《尔雅》云：芣苡，马舄。马舄，车前。陆玑《诗疏》云：此草好生道边及牛马迹中，故有车前、当道、马舄、牛遗之名。舄，足履也。"人类给草类起名字，总是从形象与实用的角度出发。郭璞注云："江东呼为虾蟆衣。"虾蟆喜藏伏于地下，或作蛤蟆草、蟾蜍草等。《本草图经》云："春初生，苗叶布地如匙面。"饭匙草乃言其幼草之貌。猪耳草、牛舌草等，均以叶形相似而命名。

这些充满乡土气息的名字啊，与生活很近，与肉身很近。比如牛舌草、猪耳草、牛甜草、马蹄草等，因为车前草是这些动物的口中之物；再如当道、牛遗，则点明了车前草生长的地址；而车轱辘菜、芣苢、车轮菜，则与蔬菜相关，是人类的腹中之物。车前草，亦草亦菜，亦菜亦草。

草文化可谓历史深远，解读下令人惊诧。就拿“当道”来说，一株弱不禁风的野草，为什么生于路中央？当道，挡谁的道？她到底要向世界昭示什么？而牛遗，也是神来之名，想想这车前草，是重轭下牛马的食物，牛马焉能放过？到底是什么原因使得牛马忍痛放弃车前草？是车前草与他们的生死约定？车前草难道生来注定要与牛马相遇？牛车、马车负载的是什么？是货物、军需品还是征战的士兵？前途遥远，能给予这些不说话的动物的，只是一口草而已。这草不再是草，而是厚重，是深邃，是未知的世界。草，车前的草，有着生命危险的车前草，当她面对滚滚驶来的车轮，到底在想什么？

早在《诗经·芣苢》中即有车前草的记载。《芣苢》是古代女子在采集野菜时唱的民歌：

采采芣苢，薄言采之。采采芣苢，薄言有之。
采采芣苢，薄言掇之。采采芣苢，薄言捋之。
采采芣苢，薄言袺之。采采芣苢，薄言襭之。

这是文字记载中车前草最早的前生了，记载表明车前草是充饥之物。翻遍字典，万千事物，在人类的眼中，都有个共同的主题，那就是吃。吃，成为人类的核心命题。清代学者郝懿行在《尔雅义疏》中曰：“野人亦煮啖之。”到了清代，还有穷人以此为食物。事实上，穷人不吃野草，还能吃什么？乡野之人，本身就与大地相近，与野草相依。他们只不过是大地上一簇会移动的草！

车轱辘菜呦叶儿圆，长也长不高来爬也爬不远，
花开无艳蜂不采，尘土盈装少人怜；
车轱辘菜呦叶儿圆，撸也撸不尽来采也采不完，
山泉水煮青白显，不加油盐苦也甘；
车轱辘菜呦叶儿圆，踩也踩不死来压也压不烂，
山野险崖皆为家，愿伴春风碧河川！

——民谣《车轱辘菜》

车前草，作为一种味道鲜美的野菜，五月中六月初味道最美。将刚长出的车前草洗净，放入沸水中焯一下出锅，再放入凉水中冰一下，攥净水后就可以装盘了，要蘸着酱吃。吃车前草，这是苦涩中的抉择。人类给她以“草”的定义，似乎暗含了这是只有动物们才吃的植物。但是，在饥饿问题上，人与动物又有什么分别呢？活着，才是唯一的真理。

汪曾祺在《草木春秋》中写道：“车前子的样子很有趣。叶贴地而长，近卵形，有长柄。在自由伸向四面的叶从中央抽出细长的花梗，顶端有穗形花序，直立着。穗不多，少的只有一穗。画家常画之为点缀。”“榆荚车前盖地皮，蔷薇蘸水笋穿篱。马蹄无入朱门迹，纵使春归可得知。”静寂的庭院，落寞的车前草，慢慢消失于人类的视野之中。

任何一个曾经在大地上奔跑的人对于车前草都不会陌生。

即使如今面对这些贴着地面生长的车前草早已麻木的人们，在你们的血液里，也总有野草的影子，总有野草的绿液。我们或者我们的先人都吃过野草，诸如车前草、荠菜、巴根草等等，她们曾经是我们的粮食，与我们的胃部最近。那些从野草上活过来的人知道她的分量，体验过生命的渺小与坚韧。别看麦子、稻穗是我们重视的食物，关键时刻，天气、灾害阻碍着，不让她们吐出半粒黄亮亮的果实。只有野草，大逆不道，违抗天命，在风雨中，在冰雹里，在青黄不接或者蛮荒的境地里，努力地冒出头来，延续春天与生命。

在童年的野草图上，我没有读懂车前草的秘密。我只知道在母亲的要求下，放学后空着肚子下野地挖车前草。母亲说："去，别累着，好好找些车前草来，回来我给你做好吃的。"我们一群小伙伴挎着竹篮拿着小刀在田野中游荡。田畴上，树林里，都留下我们黄昏中的背影。我们的眼睛似乎是探测仪，不放过地上的一草一木，只要是碧绿的，都逃不过我们的法眼。但是带有香气的或者花开得娇艳的野草，我们是不会碰的。母亲多年前就告诉过我们，好看的花，带彩的，都是有毒的。车前草挖回来后，母亲没有食言，真的给我们做了野草宴，不是车前草包子，就是清炒车前草，或者菜米饭。现在回忆起来，哪里是什么上等的宴席，分明是家里粮食不足的一种补充啊。

连买菜的钱都没有，只好拿车前草充当了。

往事不可追。只是每当回忆幼时挖车前草的情景，令人感喟的不是野草的难以下咽以及其中的苦涩，而是当初的那把小刀。那钝拙的刀刃，是如何对手无寸铁的草们下手的？我记得那时的车前草，在野草丛中，或者在路中央，是鲜嫩的，精神着呢，张大着叶片，似乎是两片较大的手掌，在田野中鼓掌欢呼，迎送着大地上每一位匆匆的过客。如果那寒冷的刀刃刺向动物，估计会有尖锐的哀号与撕心裂肺的喊叫。可是，我们人把刀具刺向植物的根部，无声无息，无痛无血。野草，把所有的疼与痛都收拢于天地的无言和大美中。

忆及往昔，心窝处总有寒冷的刺与痛。

空闲的时候，我总要到野地里走走，贴着野草，赤脚。感受大地的厚重，体会野草的柔软。看她们在每一角落里，无声生长着，蓬勃着，枯萎着，甚至在一场偶然的烧荒中，化作缕缕炊烟，踪迹全无。有时倦了，就坐下来，看野草为你铺上软软的铺，等你俯身。我喜欢在午后的原野里，躺在草地上歇息。无数的野草从远方涌来，垫在你的身下，托起看似高大、伟岸甚至不可一世的人类。

其实，当我们躺下来后，就会惊觉原来人类所占的只不过就巴掌大点的土地。哪一丛野草不高过我们的头颅？野草低？人类高？谁能告诉我谁高谁低？我知道，终有一天，我们扑倒在野草的怀抱里，看野草从我们身体上长出来，鲜绿着，摇曳着，而你我已不知所踪。

从低矮的尘埃里拔高到参天的楼群里，我们渐渐从野草生活到锦衣玉食，我们与车前草的距离越来越远了，甚至连一片叶子也看不到。可是，在某个沉醉的夜晚，在某个纸醉金迷的时刻，一株野草或者一道素菜，是否会成为我们内心深处一味清醒的良药？

人啊，只有在看到自己当初的脐带时，才知道自己是如何出生的。保存一点植物的本性，或许人就会离自然近些，活得就会更加纯粹些。

在植物谱上，也许科学无法解答渺小与伟大的命题。车前草，以柔弱的身躯，匍匐在大地上，在危难时刻，托住奔跑的马蹄和滚滚的车轮。车前草的神秘与传说有关。相传当年汉将马武军中之马多患“血尿病”，唯有三匹战马因常啃路上车辙下的无名小草而幸免，那就是车前草。一场战争的胜负居然与一棵小草有着生死攸关的关系。还好，这只是传说。

我依然对车前草保持着浓厚的兴趣，因为她出生的地方总是充满神秘的意蕴。她不似那些寻常的花草，生在花房里，草原上，邻家的阳台上。车前草多野生于路边，特别是多生于乡间泥道两条车轮之间未被碾到的那丁点空间。由于受车子底盘高度的约束，她们都贴着地面生长，每一片叶子都直接从根须里长出来。她的花期很长，三季开花，但花儿小得几乎看不到花冠，不招蜂不惹蝶。风尘仆仆、憨头憨脑的车前草，一副无限谦卑与低微的模样，让人心生爱怜。谁也不曾留意她，谁也不曾关注她。是什么让这样一株植物留下生命的足迹？谁是值得她一生等待的人？是那马上的将军，还是远去的轩辕？也许没有人能读懂她那一场旷日持久的爱恋与守望！

在路上，我偶遇过车前草，并亲眼目睹过那滚滚车轮碾压后的场景。车轮很漠然地碾过，确是她的过客，但唯有一同走过的马匹，才有留恋的回首。神奇的是，那被车轮碾压过的车前草，破碎的叶片会很快愈合。在厄运面前，车前草可以自我疗伤，似乎生命的破碎本身就是一种考验，一种洗礼，一种对抗，一种力量的呈现。我看到的车前草是持重的，内心隐忧在很深的地方。我看不到她在怎样的黑夜和黎明之间困顿和苏醒、压抑和释放。她的每一片叶子里，都记录着车辙中的重生与负荷。只要贴着大地生长，有一颗大地的心脏，没有什么重荷你承担不了。暴雨一过，她依旧碧绿晶莹着。

高大与矮小，对于匍匐在地上生长的草而言，是一对并不矛盾的综合体。这低到尘埃里的草类，却托起人类所建的摩天大楼。人们发现，车前草轮生的叶片夹角正好是137.5°，这是圆的黄金分割角。按这个角度排列的叶片，能最好地分布而又互不重叠，每一片叶子都能最大限度地得到宝贵的阳光。这直接启发了人类的建筑师，他们根据车前草的叶片排列建立数学模型，造出了最为新颖的螺旋式建筑，保证每间房屋在一年四季中都可以得到阳光的充分照射，这成为深受人们欢迎的“采光”建筑。

车前草在车辙里寂寞生长，人类却在明亮的高楼里醉生梦死。再多的光阴，再美好的时节，车前草，依旧是那个从《诗经》里走来的植物，而和车前草一样从大地上走来的人呢，却渐渐迷失，甚至找不到回家的路。对车前草，东方一些民族又冠以“牛遗”或“当道”的称谓。这确有一番深意，她是游子远行的象征。车前草那宽大的叶片，酷似人类的脚，追逐在大地上。车前草，作为文学与哲学意味浓郁的植物，关乎旅程，也关乎命运。

远行的人啊，恰似那命运的车轮下一株碧绿的车前草，守候着那嗒嗒的马蹄声再次响起。

灰灰菜

低到尘埃里的黑白面孔

灰。我对灰突然有了一种醍醐灌顶般的理解。

世间多少花红柳绿，峥嵘繁华，落幕之后终不过是一些尘埃而已。中国画，凭借几笔水墨和闲逸的白，就把山色空濛、古意漫漶的灰色空间无限扩大，逶迤到广袤的大地上。而时间，则是一场又一场扑天而至的静雨，落满山川、城市、村庄、森林，落在行色匆匆的人们身上。

灰。灰尘，灰烬，灰头土脸，灰心丧气，灰的路，灰的村庄，灰的楼群，灰的时间，整个世界就是弥漫着灰尘的容器。

谁会想到，光鲜的背后隐藏的是灰。一棵野草给出了神奇的答案，她叫“灰灰菜”，一种带着万千疼爱的呼唤。刚看到灰灰菜时，这弱小的、让人倍生怜爱的野草，朴实地落生在乡间、原野、村庄的屋檐下。乡村任何偏僻的地方，只要有潮湿的土壤，都有她悄悄生长的身影。或瘦或肥。只要赋予她生长的使命，她就会迎着阳光生长。这副模样，总是让人莫名地想到守候在村庄里的妹妹们，她们用朴实无华的时间固守着渐渐空巢的村庄。如果说灰灰菜在你心中就是这副娇小可怜的模样，那你就失去了揭开事物真相的机会。如果你一不小心，撞倒一棵灰灰菜，俯视的一刹那，你就会大惊失色。碧绿叶子的背后，居然落满灰尘般的物质。是胎记，是与生俱来的灰，还是游荡在村庄里灰的隐喻？我突然对这种草有了哲学上的思考。

灰灰菜，带着大地的印痕，遮蔽着深邃的隐语。是红是绿，是生是死，剧终之后，均归尘土。

匍匐在大地上的农人，与灰最近，吃着灰生活，烧着灰死去。从土里来，最后又回到土里去，化为尘埃，融入大地。走在村庄里，你就会感受到灰尘的肆虐与张扬。灰的房，灰的瓦，灰的墙，灰的草，灰的农具，灰的牲畜，灰的人，还有灰的生活。劳作者，求学者，放牧者，甚至那些刚从都市赶回乡间的打工者，衣着再光鲜，走进村庄，转眼就是一个泥土的灰斑。城市的痕迹在乡村灰色的袭击下露出真相。就连那普通话也是灰的，与村人村语一个鼻孔出气。因为灰尘，童年的生活不知道要遭到父辈们多少灰色的责备。从乡场上回来，我们一身的泥土，母亲在絮语中，扬着毛巾，拍打在我少年的身上，说我邋里邋遢的，浑身灰。父亲则笑呵呵的，乖，就是个泥猴子么。我倒没觉得有什么不好，灰就灰，反正一掸就掉了。再说，在阳光下，如果我们细细打量，就会发现灰尘弥漫，似一支奔放的舞蹈。我们每天都活在灰尘的呼吸里，灰尘从我们的身体里进进出出，与我们共呼吸。

我们还是回到灰灰菜的身上。在尘土与生命的通道上，灰灰菜曾经成为我们生命的液体，穿过我和阿忆的身躯，流经我们的血管。这是我和阿忆均无法忘却的光阴。

阿忆比我大十岁，但这并不影响我们成为好伙伴。匍匐在大地上的阿忆与七岁的我一样的高度。但阿忆是站不起来的。瘫痪。这个与生俱来的悲剧和我的童年联系在一起了。那是个张着大口喊疼喊饿的年代。生活教会我们，要想填饱我们的胃，大地是唯一的希望。大地上除了稀疏的庄稼外，就是这些苍凉的野生野长、自生自灭的草了。她们从何而来，到何处去，生死都不知归途。多少年后，我时常在回忆里回望曾经的野草，一点泥土，长出葳蕤的生命，寒冬一到，又化为枯黄的干叶或者一堆灰烬，消失于大地的尘埃里。来年，又是一片青青的野草。在胃部，草与菜之间的界限是不太分明的，很多时候，草就是餐桌上的一道菜，绿色、环保，滋养我们的胃部、心脏。有人说过，野草，吃的人多了就是野菜，吃的人少了就是野草。野草野菜，毋庸置疑的是，曾经都是喂养我们身体的食粮。如今，野草野菜的分别，已不是植物学上的分类。在穿越繁华、欲望、卑贱与富贵的帷幕后，一部分成为我们口中的野菜，成为我们稀缺的一味上等中草药，一部分成为脚下一丛莫名的野草，随时等待野火的焚烧。

挖野菜或者野草，这是我和阿忆生活的命题。我们惊叹广袤的旷野没有一处闲笔。鸟瞰四野，在庄稼遁迹之外，大地上凡是裸露出赭黄色的伤口上，均有弥漫的草族，她们水一般漫漶过去，抚慰着大地的创伤。绿色的元素，揭示着大地深邃的思想。在草与庄稼之间，又有什么分别？养活命的，似乎都是一种粮食，抵达我们饥饿的胃。庄稼稀疏或者荒芜，草就是我们眼前的另一种粮食。读过《本草纲目》，我们还会管窥到这些无名或者有名的野草，靠天气、鸟类甚至无处不在的野草，在胃部之上，居然一直承载着我们的生与死、病与痛。

我和阿忆走到一起，是饥饿的约定，还是命运的牵连？我们就是乡间两棵土生土长的野草，自己栽培自己，自己喂养自己。熟知乡间事物的阿忆，一双腿出卖了他的命运，使他只能望着长天慨叹，贴着地面行走。而年幼的我也因为家境贫穷，不得不从炊烟之外寻觅另一种生活，以此减轻我们对家庭、亲人的罪过，救赎我们的内心。闲暇时分，我和阿忆成为乡间的景致，在旭日或者残阳照彻的阡陌上，缓慢地移动着我们瘦弱的背影。阿忆指点大地上的花花草草，我就是一把飞舞的小镰刀，在土壤的表层随时与一棵棵野草进行搏斗。有的野草水分足，长得鲜嫩、旺盛；有的野草处地贫瘠，缺乏阳光、雨露，长得面黄肌瘦。有时实在不忍心下镰。阿忆不以为然，头也不抬地说道："这就是草的命！"阿忆严肃地批评我："小孩子家，你懂个屁！活下去，这是我们唯一的理由。"

草的世界充满了许多未知的东西。灰灰菜、车前草、苋菜等，必须经过铁与火的考验，然后走进我们的胃；而有的野草比如野蒜、茅缨等，剥开洗净即可送入口中。土里土气的野草，把绿色的汁液和看不见的营养，一路送达我们的血液中。吃多了野草，我们有时感到一种惶恐。吃的是草，结果排泄出来的还是草，绿莹莹的，似乎我们的胃没有完成对草的分解。这一现象，造成我和阿忆对大地上野草的恐惧心理。当我们把镰刀再对准灰灰菜、苋菜等时，总感到有一种杀戮砍伐指向我们自身。随着灰灰菜、苋菜从伤口处冒出汁液，我看到了一种鲜血流溢出来，产生痉挛般的疼痛。以至于我们感觉自己就是一棵野草，一棵名字叫作“人”的野草，否则为什么我们吃进去的是野草，排泄出来的还是野草?

我问阿忆，我们吃光了野草，吃什么?

阿忆低头摆弄粪箕里的灰灰菜、车前草等，抛出一声叹息，谁知道呢?

野草有一天会不会吃我们报仇?

阿忆指着远处的坟冢。

坟冢上，长满葳蕤的野草。

我居住的楼下就是菜市场。这座城市里最大的菜市场，每天吞吐着几千斤蔬菜。在乡村野草与都市菜肴之间，我已经与阿忆分别二十多年了，实际上与野草也二十多年不见面了。再见到这些类似的野草时，我已与野草隔着几十层楼的距离了，甚至更高更远。

我把目光定在市场之外的摊点上。可能这样的视角与我与生俱来的乡村生活有关。我的身体里，永远汹涌着庄稼、野草的汁液和泥土的芬芳。菜市场有两道景致：一是乡村都市小贩的景致，一是乡村山野的景致。都市小贩们，占据着城市的优势、物质的优势，带着城市的味道占据着市场内的柜台；而乡村里的农人，穿着布鞋，骑着三轮车，战战兢兢地徘徊在市场的外围，兜售着可怜的土菜。一双眼睛眼巴巴地看着过往的顾客，还时刻留意着戴大盖帽的城管。他们没有都市小贩的霸道与惬意。但我喜欢到来自乡土的摊点上买菜。

这不能说是我对乡村的怜悯与伤怀。走进菜市场，你无法越过成山成海的各种蔬菜，它们被洗干剥净，整整齐齐地垒在水泥柜台前，比如葱蒜、蒜薹、莴笋、藕等，从生命的水域剥离出来，像一具具白色或者绿色的尸体，没有半点生命的火气。不堪入目的是那些家禽、肉铺等摊点，白花花的鸡肉鸽肉猪肉，还有鲜活乱蹦的各种鱼，闪着寒光的刀剖开它们的胸膛，流淌着猩红的血，还有不再愈合的伤口。鲜活的鸽子从那滚烫的油锅里出来，就是一具标准的干尸，五脏六腑早已脱离身体；然后等待注水，膨胀都市小贩的贪婪。庞大的猪早已被一刀劈为两半，横躺在冰冷的柜台上，在小贩狡诈的吆喝中，一把闪着油光寒光的刀划过肉身，发出滋啦啦的声响，可惜这声音里早已没有了疼与痛。

我偏好到一个中年男人的摊上买菜。来自乡下的中年男人，骑着一辆老式的永久牌自行车，每天天不亮就从老家赶过来。这是我从长期观察中了解到的，他的鞋上还沾着露水的痕迹呢。他的蔬菜品种多，黄瓜、西红柿、辣椒等应有尽有，只是不善于摆设的他，一股脑地将菜放在车子两边的柳编筐篮里，筐篮的脊背上摆着一些样品。有经验的人一看就知道这是来自农家的，没有蔬菜大棚的俊秀与膨大，也没有城市小贩的贪婪与虚伪。这些蔬菜看上去不太美观，但是你回家一吃，就会感受到它们的原汁原味，这是来自泥土的孕育和阳光、露水的营养。

就是在这男人的车上，我再次看到了灰灰菜、苋菜等野菜。我把灰灰菜拿在手中，绿色的叶子背面，仍是满布着一层白色的尘埃。从乡村到达城市，依旧不改她的真面目。

“这是什么菜？”我明知故问。如今由于物质的膨胀，灰灰菜早已成为野草一族了，被人们抛弃在生活的餐桌之外。走进城市里的人们，已经被禁锢在浮华与浮躁的真空里，与泥土的距离很远。

中年男人冒出一句：“这是我们乡下人吃的灰灰菜啊，你们城里人当然不认识了。”语气中带着一丝不满的情绪。

“这也能吃啊？”中年男人听了我这句话，面孔立马布满了酱红色。

“这怎么不能吃？”他愤怒地争辩道，“荒年时，哪家不是吃着这些野菜活命的？你，你们忘本了。你说，现在的食品哪样没有毒？什么膨大剂、苏丹红、三氯氰胺等，哪有我们农家的野菜环保？你们城里人，满脑子猪油，也该要这些野菜洗洗脑子了……”

我尴尬之极，转而欣慰之极。尴尬的是，我理解农人对这些灰灰菜、荠菜等的血脉情深，却故作不知；欣慰的是，这些菜至今还没有从我们视野里消失，即使在这物欲横流的时代，在都市的边缘，依然有人在默默地坚守。

中年男人告诉我，现在这些野菜在乡村也是宝。不只你们城市人看重这些野生野长的草。可惜，你们城里人现在回过头来吃野菜，是把她当配菜，那是养命；我们乡下人吃野菜，是当主菜，与粮食一样，那是活命。

谈话间，远处城管走过来，中年男人推着车子急忙闪开。

看着中年男人的身影，瞬间这个时代孕育的新名词蹦了出来：农民工。

这位离去的中年男人与我们城市边缘的农民工有何分别？这是个令人生厌的称呼，农民就是农民，工人就是工人，何来农民工？难道工人也分农民工人与城市工人？从泥泞的乡村走到繁华的城市，一双球鞋叩不开都市的大门，一身劳动布的服装点缀不了城市的早晨黄昏。他们的皱纹、泪水还有粗糙的大手，装扮了一座城市的风景，却无法退去自己一身的泥土。他们就是乡村阡陌里的一粒种子，落生在城市的水泥、柏油马路上，在碾压中生存，成为活着的一种承载。中年男人，无数农民工，在城市之光的背面，支撑起大厦的是他们的脊梁。他们恰如乡间的灰灰菜，在光鲜嫩绿的日子后面，隐藏着泥土的宿命。如果我们沿着灰灰菜的碧绿往下走，我们就会在时间的光影下，走到暗处，走到灰处，直到走进尘埃里，化为齑粉。

都市与乡村，不正是灰灰菜的AB面？一部分人走上碧绿，一部分人继续保持泥土的本色。

中年男人的消失，勾起了我对故乡灰灰菜、人与事的回忆，其中包括对阿忆的回忆。我和阿忆都是吃着灰灰菜长大的，都是在苦难中泡大的。大地上的每一种草，其内心都是苦的凝结。也正是由于她的苦，每一种草都是一味药，为民间疗伤。

再见到当年一起挖灰灰菜的阿忆，是我二十多年后回故乡的时候了。人可以碧绿，可以灿烂，可以华丽；但在光鲜的背后，我们始终铭记着的是大地孕育了我们。保持泥土的脸庞，是我们最真的肖像。我们来自尘土，没有尘土，我们无家可归。见到阿忆，悲哀的情愫瞬间弥漫开来。属于童年的那满面的碧绿早已消失干净，只剩下满面的灰尘。

阿忆依旧匍匐在地面上，手中代替小镰刀的是木质的板凳，旷野也替换成马路了。他早已不在灰灰菜间寻觅生活，乞讨与索要成为他生活唯一的方式。异常苍老的阿忆见到我时对我感到陌生了。我伸手给他钱的时候，告诉他我就是当年和他一起挖灰灰菜的小子，他一脸茫然，什么灰灰菜？给钱，不给钱不让走。一根烟头或者一枚硬币，都会产生一次大幅度的匍匐行动。

我从口袋里掏出一些硬币，扔进那个破旧的茶缸里。响声中，我知道童年的灰灰菜走远了，现在只剩下中年男人眼中的那株灰灰菜，她的身上，落满了都市的灰尘。只要世间需要，灰灰菜就继续生长。“只要空闲　我必去看望的/就是那些　灰灰菜/它们简单快乐地向上长/在护城河的边上　在大树旁/木槿花鸟一样飞翔//京城的灰灰菜，与故乡/一模一样的灰灰菜/像邻家姐妹，穿着朴素的衣裳……我喜欢热爱这一切/他们都是我简单快乐的亲人。”（娜仁琪琪格《灰灰菜》）

是的，灰灰菜，阿忆，还有中年男人、农民工，他们都是我早已熟稔的亲人！

苘麻

被捆绑的生活或卑微

苘麻，又名白麻、青麻、野苎麻、八角乌、孔麻。苏北地区，更多地称之为小苘。加一个“小”字，似乎与苘麻就多了一份亲近，一种温情。我估计现在的人对这些贴着地面生长的野草已经很陌生了。即使见到苘麻也会不认识的。当代与苘麻之间，已经有了一条很深很深的沟壑。苘麻早已从庄稼地转移到野地、阡陌、沟畔了，成为村庄荒芜苍凉的景致；化工的绳索早已捆绑住我们繁重的物质生活和欲望。

曾几何时，苘麻是乡村仅次于五谷的重要一族。苘麻固然不是粮食，可以抗抵饥饿，不是农具，可以刈割庄稼，但是它用缠绕和柔软，把零落的乡村日子整合起来，装订成年月日。

在乡村，一年四季都离不开苘麻。扎口袋，抬粮食，做缰绳，拉大车，均需要麻绳的参与。但凡提到绳，则均来自苘麻的功劳。生产力落后的年代，麻绳是农人手中最灵活的工具。有的农人还把麻绳用到田中的稻草人身上，系一根麻绳，稻草人就有了农人的神采。乡间的农人最质朴，他们喜欢把麻绳当作裤带，用来维系衣服对身体的遮蔽。有趣的是，有的人把麻绳系死了，上茅厕怎么解也解不开，就发生了把小便尿到裤子里的事情。

苘麻的命运是与时代关联的，她曾经是农人的心头肉。物质贫乏时，农人会从庄稼地里辟出一块，专门种植苘麻，满足生活的需要。这些苘麻以农家肥作营养，过着水来张口的日子，个个枝繁叶茂，蓬蓬勃勃。几场雨后，苘麻们便“不可一世”，阔大的叶子，吮吸着天地日月的灵气，一夜之间，树林般呈现在眼前。风吹过处，叶舞翩翩，黄花灿灿，浓郁的生命拔节般的气息弥漫开来。苘麻是我们童年的遮蔽所。摘几片叶子，就可以在细雨中徜徉，就可以在阳光下纳凉。苘麻的花朵更有韵味，居然是一副磨盘的模样。农人磨盘下的日子，成为苘麻轻盈的花朵，热热闹闹地绽放着。这里似乎包含着对民间的隐喻。民间的日子就是那磨盘下的日子，沉重，艰涩。花落之后，种子就从磨盘的齿轮中暗生出来。未成熟的种子是青色的，可以吃；成熟后的种子，是褐色的，大小如黑米，随时准备着在烈日中随着“啪”的一声，弹出生命的律动。仔细的农人在种子成熟时，会不顾劳累，把苘麻的种子收集起来，明年再种。

是受风的吹拂、鸟的衔食，还是得益于顽皮的孩子随手扔下的种子？记忆中更多的苘麻是野生的。野生的苘麻令我心动。没有优越的待遇，没有关注的目光，她们依然故我地恪守生命的责任，不管何地，只要馈赠一缕阳光一滴露珠，她们就会顽强地绿出个蓬勃的生命来，忍着牛嚼，受着马踩，甚至冒着夭折的危险，随时等候村庄的召唤！在农人的镰刀下伏下身子，从身内抽出温暖的纤维还有光明的火焰。

我曾亲眼目睹一批苘麻从植物到苘坯子再到麻绳的仪式。这是一个很罕见还充满着辛酸与苍凉情愫的事件。这沤麻制麻的劳作似乎绝迹了，成为不可再现的农事。时间定格在我八岁那年，我亲眼目睹着父亲制作苘麻的历程，实际上那时农人对苘麻已失去关注度了。这牵扯着贫穷与落后、沉重与艰难的植物，再次回忆或者相遇都是一种隐痛。更多的绳结已经在日子里渐渐解开。但父亲依然没有失去对苘麻的厚爱。这是村庄里已经稀缺的景致了。这种青睐，不是对往事的品味与打捞，而是那段时光的延续。在父亲看来，用力气与大地搏斗，是残忍与伤悲的历史。血、汗、肌肉甚至骨骼，都是与大地搏斗的依靠。除此之外，匍匐在田野上的父亲们，还有什么可以拿来与大地抗衡呢？从泥土里找食物，抬头看天气。父亲对土地的感情是我无法理解的，一寸土地一寸血。尽管家里连一根苘坯子都没有，但父亲仍不肯放弃一寸土地来种植苘麻。

我们家后来拥有了大量的苘坯子，多到要拿到集市上卖的地步。我在回忆这段往事时是异常伤感和心碎的，为父亲，也为自己。生活的贫困使父亲彻底失去了做人的尊严。父亲经常在稼穑之余活跃在村里村外，在阡陌与野草丛生的荒野里，搜罗着野生苘麻的身影。我知道在他的身后，会生出许多鄙夷的眼神。野生苘麻比不得人工种植的苘麻。野生苘麻棵小、矮，又弯曲不堪，甚至面黄肌瘦的，要制作成长长的绳索十分麻烦。只有实在穷的人家才会捡拾起这细碎的物资。但对我们来说，唯有如此生活。

苘麻从青色的植株到苘坯子，需要个沤麻的过程。沤麻，就是把整理好的苘麻置于水沟中，上面覆盖一层厚厚的烂泥。这个水沟是有讲究的。清水活水的沟塘是不宜沤麻的，没有足够的腐殖质，无法让苘麻脱落。只有那死水的沟渠才是最理想的沤麻之地。可是沤过麻的水会更加腥臭。这是村庄的人不能容忍的。父亲每天从野湖里搬运着一捆捆苘麻，削净枝叶，用枯黄的稻草挽成绳索捆绑。我不知道当时父亲一个人孤独地在乡场上忙碌的感受。似乎一个男人的全部都赤裸在村庄的目光里。这种劳作，是一个男人撑起一个门楣的失败之作。我似乎听到父亲的肉身在阳光炙烤下发出的滋滋声响。他低着头，沉浸在苘麻的打理中。

贫穷的人是可耻的。我终于理解了这句话的悲凉，以及父亲。当一村人与沤麻渐行渐远之时，父亲再次操起沤麻的农事，鄙夷与嘲讽如那沤苘麻的池塘，夹着弥漫的瘟臭劈头盖脸地冲向他。父亲如同一个卑微而无助的裸模，沉默地在众人的森林里忍着，甚至不敢涌出一滴泪水。不止父亲，就连他的孩子，在村子里，似乎也像个被人扔下的弃儿。

我们夹着尾巴做人。偶尔也有抬头的片刻。那还是父亲的缘故。在种植庄稼上，父亲是村里的一等高手，同样的土地，收成却拔头筹。在农历的节气里，清明干啥，谷雨干啥，父亲就是大地的百科全书。村里人都把父亲看成一部农事的活字典。就拿沤麻这事来说，依然可见一斑。

沤麻看似是一种原始的农事活动，只是苘麻、水、泥土的集合，却也一样隐藏着深邃。除了要让苘麻沉浸在水域深处，身上覆盖厚厚的骚泥，让它在树叶腐烂的气息、动物尸体的气息、水的侵蚀和阳光的普照中分解，沤麻还与天气有关，与温度有关。气温的高低直接影响苘麻的分解剥落过程。气温高时苘麻就沤得时间短些，低时就沤得长些。这尺度的把握都在经验与感悟之中，都在读懂与对话之中。只有读懂苘麻，才会听到苘麻发出的呼喊。父亲常在不经意间对我们说，苘麻好了。沤好的苘麻从水与泥土的包裹中爬出来，随手一拨，那苘坯子便轻易地从苘秆上滑下来，沾着脱落的褐色皮，裸露出雪白泛亮的光。如果苘麻没沤好，那苘坯子便不易脱落，即使生硬地剥下来，苘坯子的成色也是暗黑的，外观与质量都会大打折扣。苘坯子洗涤晒干后，就可以制成各种各样的麻绳，拴住散乱的日子。

童年我对苘坯子提不起多大的兴趣，留恋的是她剥落后的存在：苘秆子。蜕去皮的苘麻，中空，浑身雪白。她有个非常突出的特征，就是容易点燃，并能长时间地保持火种。乡村的孩子常把她折断做成一节节的“香烟”，从灶间取来火种，模仿大人的模样，抽起“烟”来，颇具风范。中秋节之夜，我们还会把一些苘秆用草绳捆绑在一起，点燃，奔跑在黑色的夜晚中，用熊熊火光照彻这个秋天的金黄。那苘麻的恶臭，一旦染上，经久不易散去。因此，父亲剥完苘麻后，好几天不回家睡觉。他一个人在乡场上的草庵里，看守乡场上的粮仓。

《老子》曰：“大音希声，大象无形。”苘坯子的下一站，就是麻绳。这在乡间带着最朴素的谦卑、面容粗糙的物什，原始而柔软，如饱经沧桑的老者，亦如参悟世间最高玄机的哲人，藏身于民间，与五谷、六畜还有大地上的劳作者们，一起在岁月里穿梭。小到衣针，大到太平车，无处不有它的身影。别看这缠绕千道万道的绳索很朴素，但它却拴住了乡间生死的日子，关系着日子的紧慢与深浅。

走进民间，你一定会看到这样的景象：斑驳的土墙上，砸入一木楔，木楔上挂着折成弯曲的一大捆麻坯。这种场景在农村是常见的，这是生活细心、有经验的农人为日子准备的。乡村的农人，土里刨食，刨生活。生命是泥性的，生存的密码就是学会用生命与泥土交换。农家的日子，就是泥土的日子，哪一样不是麻绳拧成的？从田间到乡场到人本身，哪里不需要麻绳？栽秧，需要用麻绳拴系秧苗；搬运麦子，需要扎成捆扛上大车再用麻绳刹紧；用蛇皮口袋灌装粮食，需要用麻绳系袋口；养牲口拴牛羊也需要麻绳……麻绳无法与农人的日子分离，也无法与生命乃至生存的世界分开。

我看到过把麻绳用到轻盈与沉重的极致的景象：生存与死亡。穿梭在日子的风雨里，农人面对黄土，素面朝天，握着一把与自然抗争、与命运搏斗的锄，敲打旷野，那铿锵的锄，在坚韧的挥动下，结出了生活的果实。可是，可曾看看他们的身影？我见过一个农人，在夏日的暴雨里劳作，农家多有斗笠与蓑衣，然而他唯一的装束，就是那件宽大厚重、摞满补丁的衣服，不少纽扣脱落了，还没有来得及在夜晚缝上，高大的身躯，仅仅用一根细细的麻坯或者麻绳围绕着腰身，轻轻地一系。乐观，沉重，还是无暇顾及那头顶的烟雨？在生存的课题面前，生命以及其他都渺小了。宽敞的衣物，空荡荡的，能遮住风雨？能遮住苦涩？生是一根麻绳的依靠；死，也是一根麻绳送别。旧时初丧，常见主家孝子脚穿草鞋，头系麻坯，在灵前回客人的吊唁之礼，古曰“披麻戴孝”。这是乡间亲人离去最隆重的葬礼，也是把一根麻绳置于了生命的高处，无论生者还是逝者，拴住了悲痛，拴住了未来的欢乐。在生命的最后时刻，守望与呵护人的，居然是一根轻盈的麻绳，其间寄寓着多少无法言说的凝重与隐语？

苘麻或者麻绳，粗糙抑或原始的面庞，维系着村庄零乱的日月，一端是生，一端是死。在村落大面积撤退溃不成军的当下，回望民间，我们会发现总有一些植物在废墟上吐出碧绿。这是对都市五光十色的欲望生活的恐惧，还是对乡村田园的留恋与捍卫？在一株苘麻之上，我看到一种绳索正从历史沧桑的背影里凸出来，它用柔软的姿势装订着这脆弱而散乱的时光。

苍耳

消失或重现

有些记忆，时间再久也是抹不去的，它会沿着河岸、阡陌甚至废弃的园子、坍塌的墙垣，一路低音甚至无声无息地牵住衣角、长发，一不小心还会随着尖锐的刺钻入你的手指，甚至……保持着一生的疼痛。这就是苍耳，粗糙的、素朴的甚至没心没肺的苍耳，寂寞的、孤独的、纠结的、沉默的苍耳。再与苍耳相遇，竟是在一处荒废了十年的乡村院落里，颓圮的泥巴墙、破落的草舍，挨挨挤挤的苍耳，舒展着阔大的叶子。新的、旧的飞燕在她的上空春来秋去，呢喃的声响成为最有生气的词语，苍耳，唤起无数听觉。待到寒霜一降，只有寂寥的庭院和孤独的苍耳相看不厌。谁为谁守护？

我对苍耳的名字充满着神秘的诠释。苍耳苍耳，苍与耳，苍是苍老的苍、天下苍生的苍，原本是伧，伧人，粗鄙的人，他们在穷困潦倒或者天灾人祸面前，能够捡拾的唯有这贴地生长的苍耳。苍耳，难道是大地上一只渺小而又巨大的耳朵？渺小是说形状，巨大是说其听觉的世界里包括海纳百川的情怀。贴着大地的深处，谛听天下黎民百姓的疾苦。越是卑贱的植物，越是能够保持清醒与静谧，宁静致远。

请让我挑几个关于苍耳的神奇的别名：卷耳、常思菜、野紫菜、菜耳、粘粘连、羊负来、疥疮草和佛耳。这些是对苍耳之名的进一步解剖。羊负来，又叫羊带来，形象灵动地说出了苍耳的来时之路，最早的种子是从遥远的异域被羊群之类带到了东方，落地生根，迎风生长。苍耳是有怜悯之心的，或者说她是懂得怜悯的。带着生命的阵痛纠缠着这只或那只羊，在疼痛的呼喊里，在人类的叫唤中，羊群把内心的秘密一股脑地倾注在这纠缠不清的种子上，南方北方，田间地头或者荒山野岭，无不落生下苍耳的身影，而羊的呻吟隐藏在地底深处。

再看野紫菜、常思菜。以菜的名义出现，那就是另一种粮食，食者是谁？除去与之相依偎的农人，谁还能与泥土相伴，与苍耳相互守护？追溯而上，让我们看看这样一个景象："采采卷耳，不盈顷筐。嗟我怀人，寘彼周行。"（《诗经·卷耳》）这卷耳就是苍耳。穿越千年，我们看到了她的身影。谁家的女子在山坡上野地里采摘？全身有毒的苍耳，生吃她是要付出生命的代价的。这妙龄的女子，也许觉得苍耳之毒无甚，而爱情之毒尤毒啊。所以"采采卷耳，不盈顷筐"。其实，我想先人们定然知道苍耳有毒，自然有解她的妙方。如水泡再煮熟，毒性即去得差不多。可从这样一株株粗糙的植物身上找出粮食，喂饱胃、身体以及精神，实非易事。

有人说苍耳在古代是一种经常食用的野菜，李时珍说苍耳的味道"滑而少味"，看来不是什么美味佳肴，或许只是那时穷苦人家荒年没有办法才食用的草。况且诗人都有食过的。"卷耳况疗风，童儿且时摘。侵星驱之去，烂熳任远适。"杜甫在《驱竖子摘苍耳》中写到过苍耳，身为诗圣的杜子美先生当时也只能采苍耳来食用。

如此，难怪先人送给苍耳另外一个名字：佛耳。佛家讲究普度众生。能挽救性命的草，还是草？是亦佛亦草，是与最平常的大地劳作者休戚与共的植物。

我常在落日的余晖里，一个人踟蹰在这座废弃的园子里。丝绸样的阳光披在残壁与女墙上，蓬松的泥土如恼人的头皮屑簌簌落下，发出苍老而又疼痛的声音。门楣腐朽，灶台冰冷，枯草横七竖八，不知名的虫子与放肆的老鼠在往来穿梭着，潮湿的青苔沿着废弃的台阶攀援，留下青涩的时光。

人呢？原先这里的人到哪里去了？这是一个大家族的庭院，一个祖孙四代同堂的家族，如今人影稀疏。听邻居说，后生一律外出打工或者在外工作，南去广东东莞，北上北京中关村，奔赴经济发达的城市与地域了。一开始是家里的青年男人们出动，电子厂、建筑工地、机械厂、车床厂等等，无不留下他们的足迹与汗珠。他们就像四处觅食的鸟儿，离开乡村的枝头，在城市的水泥马路上捡拾被遗弃的果实。他们得时刻担心自己迷路，还得防备形形色色从家里传来的各种骗子传闻，以及川流不息的车辆和浓重的汽车尾气。更为触及疼痛的是城市的眼睛，冷漠、怀疑、鄙视甚至厌恶，他们是流动的“毒瘤”，每到一处，就遭到铜墙铁壁般的戒备。习惯了泥土的沉重，把人生的格斗场嫁接到城市的水泥钢筋上，他们用黝黑的脊背扛过那段艰涩的日子。渐渐地，他们的脸上有了笑容，皮肤逐渐白皙，就连那喷出的话语也似乎有了城市的卷舌。接着，男人把女人接去，孩子也跟着到大城市上学。园子一天天空荡，安静，到最后死一般沉寂。一大群人，一个个家族的人都走了，像候鸟般，飞去了南方，从此难得回到这熟悉的荒园。

村庄也不再是往昔的村子，越发沉默与荒芜，人就像一棵棵移动的庄稼、移动的植物，从旺盛的村庄里走出，直到村庄逐渐萧条、枯萎甚至寂灭。即使偶有面孔出现，也只是苍老的面孔一闪而过。在村庄这个舞台上，我亲眼看着一幕幕大戏还没有开始就谢幕了，演员一个接着一个东南飞。从村庄的表面看，村头那棵古树还是那般葱茏，荷塘里的水依旧波澜不惊，活泼的鸭子在水面上嬉戏，偶尔发出欢快的叫声。但是，在熟悉的场景里，我仿佛看到了内心的荒芜，从村庄内心呈现的荒凉，那些曾经的鸡鸣狗叫声消失了，稚嫩的面孔也少了。猛然间发现，村庄里，多是些苍老的身影，伴随着落寞的愁容，恰似一株株葱茏的苍耳，填补这废弃的村子。

“谁此时没有房子，就不必建造，/谁此时孤独，就永远孤独，/就醒来，读书，写长长的信，/在林荫路上不停地/徘徊，落叶纷飞。”（里尔克《秋日》）孤独的村庄，孤独的园子。唯有苍耳不孤独，荒园里留下空白，苍耳就用那宽大的背影填补上去，肥厚的汁液，是肥厚的苍凉，在夕光里葳蕤，在黑暗中蓬勃生长。谁能告诉我，此刻旺盛与荒芜的是废弃的园子，还是拔高的苍耳，甚或是远行的人儿？

人类对苍耳是有偏见的，包括我自己。没有偏见的是《诗经》里的那位女子、李时珍，还有我的祖母。苍耳在农人眼里只是一种草，干枯带刺，即使繁殖能力再强，长势再霸道，密密匝匝，甚至似绿被子，她依旧捂不热大地的心胸。你看叶子粗糙得不能再粗糙，惨不忍睹，没看到赋予她的美学因素；再打量果实，伸出无数尖锐的刺，远远地躲避人的亲近。苍耳似乎天生就有着与人远距离相处的情结，所以人很少去打扰她。苍耳倒好，以更加疯狂的生长迎接世俗的目光，凡是有泥土的地方，都有她碧绿的身影。

我以为苍耳是孤独的，从落生开始便注定孤独，从一个地方到另一个地方，从一个世纪到另一个世纪，穿过多少岁月的风声，一个人的旅程，一个人的战争，一个人的世界，土、雨、阳光、露珠，都是上苍的赐予，没有人告诉她会有这些，她毅然落地生根。一粒苍耳的种子，便是一粒硕大无朋的孤独，永远属于苍耳的与生俱来的、执着的孤独！

《诗经》里那位斜背着箩篮采卷耳的女子知道苍耳，知道走江湖的苍耳，知道一直保持着战斗激情的苍耳，所以，多情的女子站在山坡上，始终“不盈顷筐”，看着苍耳青枝绿叶的模样。自己何尝不是一节葱绿，正等待秋天的降临？出外采苍耳，婆婆念想的是口中之福，却不知悉少女情事？想着在爱情成熟的道路上，一位神情忧郁的女子，正站在秋天的苍耳旁，焦急地等待苍耳带去信息。苍耳的一生恰似女子的爱情，执着于内心的坚定，随缘而走。

而在李时珍的眼里，苍耳不是情事的载物，他目光如炬，透过粗糙的表皮，直达苍耳的心底。从医学角度上看，没有人超过他。在人类与苍耳的身体上，他找到了相通的缘分，瞬间拥抱着，兴奋着，久久不愿分开。李时珍激动难抑，情不自禁地在一本叫《本草纲目》的书上写道：“枲耳，【释名】亦名胡、常思、苍耳、卷耳、爵耳、猪耳、耳、地葵、羊负来、道人头、进贤菜、喝起草、野茄、缣丝草。【气味】（实）甘、温、有小毒。（茎、叶）苦、辛、微寒、有小毒。【主治】久疟不愈……眼目昏暗……”直到彼时，人类才明白苍耳居然是一味上好的中药，生得艰辛，长得丑陋，挥舞着尖锐的武器，远远地躲开人类的追逐，待秋天又追着行人死缠烂打，原来是在传达内心的秘密！

我忽然明白深秋时节苍耳那愁苦的面容。她的愁苦不是因为自己的走向消失，而是不知道怀中颗颗果实，究竟要送到何处。在生命最后的光阴里，她拼命地挤在路边，伸长着脖子，站得孤独，站得疲惫，站得憔悴。直待一个充满爱怜的人打马走过，她便轰然老去，返归泥土。

祖母是素食主义者，一生以素菜为食。许多植物是她的碗中之物。她对草药敬若神明，即使明知道喝草药无济于事，她依旧喝尽碗中的每一滴草药。祖母说，我们人也是一棵草，生病当然还需要草药治疗，草药是我们身体的神，供养着我们，是我们头顶的佛。我们吃进去多少草，死后就会在大地上长出多少草来。呜呼，祖母居然也懂得天人合一的道理。人与自然相依为命，人本身也是自然的一部分。其实，整本《本草纲目》读下来，你看哪一株草不是充满着药性和神性？

敬重草类，或许是我们本应有的姿态。

现在，我再次站在这座废弃的园子里，看着苍耳的累累硕果，由青转黄转褐，从青涩到成熟。成熟就意味着死亡，意味着来年此苍耳将要被另一株苍耳代替，意味着自己永远消失。一株苍耳消失，无数株苍耳繁茂于大地之上。她与人类的繁衍相同，一代代延续下去。如这座荒园的主人般，从故乡到异乡，从此地到异地，携裹着家的重任、对后代的责任和憧憬，告别老宅子，告别苍耳，落生在天南海北的城市。直到新的家园出现，把下一个追逐的驿站交给孩子，然后衰老，直至消亡。

这注定是一个孤独与艰辛的旅程。尤其是苍耳，生前积蓄万千力量，为植物界孕育出无数小苍耳。细剥她的心思，会发现惊人之处。那让人毛骨悚然、拒人于千里之外的刺，成为阻隔人类亲近的最大障碍。女为悦己者容，难道苍耳不希望得到人类的青睐？那些青色的刺硬硬的，似乎是捍卫苍耳的利器，密不透风，连一只虫子也休想钻进去，那些牛羊猪等动物，见了苍耳无不掩面逃窜，即使不小心一口咬下苍耳的枝叶，也无法咽下她内心的苦。据说那些唬人的尖锐的刺，到了苍耳成熟的时候便会老化，由锐变钝。这可是一种心思缜密的变化。此际，人类、动物再与苍耳相遇时，便不再胆战心惊，即使亲密接触，最多也只是个纠缠，难舍难分。人类对于纠缠是充满喜好的，《诗经》中采卷耳的女子，不就是纠缠在情事的困扰里？念想如那卷耳，小小的坚实的瘦果，纠缠上那远方的情郎。

我惊诧于苍耳的生存与守护。在生与死、繁衍与消失的路上，她如何守卫内心的密码？那内心的药味，为人类疗伤的隐秘，鲜为人知。她看起来一无是处，她枯荣于大地上，自生自灭是其循环往复之路。遭人讨厌，让人误解，傻乎乎地站在荒草丛生的地方，整叶，结果。一旦人类的肉身受到病菌的侵袭，苍耳便会挺身而出。这是一个巨大而又唯一的秘密啊！

野草，吃的人多了，就是野菜；野菜，吃的人少了，就是野草。人类在对苍耳的认识上是有误区的，误会的根源是人类的奢望与欲望太多太多，在饥饿时刻看苍耳是一种粮食，在生病时看苍耳是一种药，在幸福时看苍耳则是一种杂草。在无数农作物杂草识别与防除页上，赫然写着野草的生辰八字，标明农田杂草危害棉花等，宜用百草枯、扑草净除之。

人老了，才会悟出一生应该抓住什么，应该执着于什么。年轻的时候欲望太多，遮住了前行的双眼。我偏爱苍耳，偏爱苍耳身上独一无二的中草药味道。我想植物的世界同样充满喧嚣、浮躁和功名利禄、尔虞我诈。一个人一生能抛却世俗的东西，守住本真，是何等之难？苍耳，在治疗人类内心顽疾的阡陌上，一直孤独前行。

我走在熙攘的人群中，迷惘而无助。我看不清许多事物的远方在哪里，不知道时间是怎样从身上溜走的。璀璨的霓虹灯、醉生梦死的日子和你死我活的名利争斗，似浓雾般席卷过来。我多么希望失掉自己，长成路旁一株看淡姹紫嫣红的苍耳，用植物的方式生活，活出内心的我来。

看麦娘

比邻麦田的守望者

生命一旦经沙漠磨砺过，我们便将给荒凉与繁盛带来新的诠释。

现在，我就躺在星光辉映下的大地上，躺在一丛丛无名与有名的青草间，看着流星划过天边。身下匍匐的看麦娘，从挤压的空隙里蜿蜒出来，放牧天涯。我愿意这样滋生于她们中间。草之上，是旺盛，是碧绿，是鲜活的生长，是看不见却可以感受到的滋润。睡在草丛间久了，有种恍惚之感，一丛丛看麦娘从身边站起来，挺直脊梁，长叶、拔节，似乎有超越我的身体、头颅之势，不把我们覆盖在她的身下不罢休。我知道，人的生命是无法与她们抗衡的，总有一天，她们会用时间的箭矢把我们击倒，然后蘸着流窜的风、潮湿的雨还有炽热的阳光把我们风干，最终使我们成为她们身下的一抔泥土。

高贵的人类？昔日我们对草类吆三喝四，铲、锄、割、烧……十八般武艺，全部派上场，到头来终究被草埋葬。我们习惯于把她们踩在脚下，习惯于高高在上，习惯于草的仰视。我们会不屑一顾地说："那是什么东西？"最卑贱的草罢了。焉知道，脚下也会回响起一个绿色的声音："那是什么东西？最普通的泥土而已。"可惜，我们人类看不到最终，或者说不愿承认人是比草还卑微的植物。纵然在路上，有一两个声音在草丛间呼喊，看——麦——娘。不幸的是，人类啊，走过那片草坡，眼见一野庄稼，便忘却了来时的路。

看，这是仰望大地上的看麦娘的生命视角。我必须保持着这样的姿势，学她那样，匍匐在草地上，和大地挨得很近，似乎紧贴着大地的心口、大地的海拔。其实，我只不过是大地上一块会走动的泥巴罢了，终有一天要回到那里，成为泥沙甚至尘埃。世间还有什么不可能的呢？就如一株植物，被人类视作草的植物，却有着无法悟透的名字——看麦娘。春风走过她的身旁，人们总要把目光丢在她的身边，直到彻底弄明白，否则是要彻夜难眠的。

我是其中之一，一直醒着做梦。做这看麦娘的梦。我以为这就是娘的名字、娘的音符。每念及她的名字，都似乎是我在异乡的大地上，在充满荒芜与喧嚣的都市里呼喊娘的声响。看！娘！恍惚里我看着娘移动着瘦弱矮小的身子，贴着地面向我走来。瞬间，我倒在娘的怀里。打量看麦娘，这株春天里遍地生长的植物，沿着潮湿之地或者水系，绿遍水坡与池塘甚至肥沃的庄稼地。贴着地面生长。就像娘，围绕着村庄，向泥土里触及生命的根系，支起葱茏。

我似乎走进了看麦娘的秘密通道。我惊诧地发现，她总是沿着水系蜿蜒，接着布满大地。她是水系的外表旅行者，水系本身是隐藏在泥土深处的行者。这些看麦娘啊，在阡陌、田畴到禾田的路上，一路引领着，跋涉着，伸出充满绿色汁液的手掌，指引着水的方向。不得其解的是，看麦娘在麦子幼时，始终以麦子的形象生长在旷野中，有的甚至和麦子长在一起，肩并肩，脚跟靠着脚尖，在鸟语与风的呢喃里，瞒过农人的眼睛。渐渐地，麦子长高了，看麦娘也知趣地走开了，蹲下身子，绕过南风，躲过露水和阳光，把所有的滋润都给予了麦子。自己逐渐矮下身来，等待秋风掠过，农人撷取一季的金黄。可谁又看得见矮到尘埃之下的看麦娘呢？难道这是她名字的内涵？是哪一位先人，走进她的内心，给她这惊世骇俗的名字？看麦娘，看麦娘，到底是谁的娘啊？又在守望什么？资料显示，看麦娘是个有内涵的女子，有着高粱的身材和火红的心事，所以她还有一些乳名或者芳名，如山高粱、麦陀陀、麦娘娘等。

人类是善忘的一族，甚至是背叛的一族。忘却是人性使然，还是精神的沦陷？

有资料注释：看麦娘，一年生草本植物，杂草类，每年的4—8月开花、结果。全草入药，味淡，凉。具有利湿消肿、清热解毒的功效。口服，用于治疗水肿、水痘；外用，用于治疗小儿腹泻、消化不良等症。这则说明我是万万不能接受的，这千金药方的看麦娘居然被唤作杂草！即使小说家池莉写出了中篇小说《看麦娘》，她对看麦娘依旧怀有成见。她说看麦娘就是狗尾巴草。我不知道当时的湖北地区是如何称呼看麦娘的。但狗尾巴草怎能和看麦娘相提并论？再说，那尖耳猴腮、瘦若麻秆的狗尾巴草，毛茸茸的，在麦田边摇晃着，一副吊儿郎当的模样，的确称得上不郎不秀。

我不知道在看麦娘与麦子之间有多远的距离。“看麦娘的表意是看护着麦子长大成熟的另一种草，这个名字有着类似于奶妈一般的温情。”（作家张羊羊语）人类在收获大面积的麦子之后，回首来时路，给看麦娘留下一段辛酸与痛楚的评语：“适生于潮湿的土壤。麦田危害严重。为长江流域、西南及华南等地区稻茬麦、油菜田危害最为严重的杂草，成为这些地区麦类高产的限制因子。”天哪，还有没有人性？春天的篱笆前，看麦娘总是冲在前沿阵地，村子里的猪羊鸡等徘徊在麦田边时，总是看麦娘出手的。她把自己落生在麦苗的四周，遮风挡雨，呵斥动物。对于庞大的动物，比如牛，看麦娘就俯下身子，把肥胖的叶子和早熟的花束献给它，以换取麦苗的安全。这完全是一种自我牺牲的精神，这完全是一位割肉喂鹰的奶妈的关怀。这贴着地面的母性是娘才有的怜爱。

我见过看麦娘人老珠黄的时刻。当大地上的麦子在农人的手中，逐渐走向粮仓的巅峰时刻，大片大片的看麦娘早已不见踪影。人类只看见那金灿灿的麦穗，谁还会发现麦子的身旁，一簇簇枯萎的看麦娘早已香消玉殒了，她低下守候一春的头颅，把自己埋葬在麦子的脚下，化作尘泥，等待来年的使命与召唤。那不仅是大地的召唤，更是娘对孩子的责任！

请让我再摘录一段冰冷的文字，审查下人类是如何对付娘一样的植物的。“农田看麦娘杂草的防治方法：用薄膜覆盖，高温堆沤2～4周，杀死其发芽力，或者在萌芽后或生长时期直接进行人工拔除或铲除，或结合中耕施肥等农耕措施剔除杂草，也可用药剂杀死。国内外已有300多种化学除草剂，可用于几乎所有的粮食作物、经济作物地的除草。”这分明是对看麦娘赤裸裸的杀戮，是对生命的贱杀与摧残！哪一株植物没有生命？哪一株植物没有思想？否则的话，怎么会有看麦娘这个美好的名字？人类最初的生命也许正是这些植物孕育的，可是到后来，人类却成为对付她们的杀手，更是大自然的罪犯，是罪魁祸首。山洪、泥石流、沙漠化甚至瘟疫等，哪一样不是大自然对人类反复无常、无视大地上的植物的报复与反应？当我从呼伦贝尔大草原走进沙漠时，感受到的不是荒凉与恐惧，而是对草类的尊重与敬佩。正是这些铺天盖地的绿草，为人类阻挡了风沙与荒凉。她们是人类一件华美的绿袍子，失去她们，人类只会赤裸着身子，啃食着黄沙，最后枯萎、死去。因为从生命本身来说，不仅存在思想与情感交融的人性，还存在率真的草性。人类何尝不是大地上一株株流浪的草？

我不知道那些沉默的猪、牛还有羊是否知道自我救赎。曾经，年少的我们挎着竹篮，执一柄镰刀，在洒满落日余晖的旷野中，把你们请回家，然后用钝口的刀片切割，直到你们粉身碎骨，再把你们端到鸡鸭鹅、马牛羊身边。那些进入它们胃部的看麦娘，是否能轻易被消化？无数青春的看麦娘在它们无数次的反刍中，融入它们的血液，甚至骨骼。天地有大美而不言。来年的旷野，一场如约的春雨之后，漫山遍野又是一片看麦娘的景致，伸展着嫩绿的叶片，从大地上爬坐起来，虽然不够伟岸，也称不上魁梧，但蓬蓬勃勃，须臾间，就会如麦穗的保镖般，呵护与守卫麦穗。其实，她就是一株别样的麦穗啊！在荒年时，她便是饥民们食用的粮食。将成熟的果穗晒干，捣去谷壳，取得种子，如同稻米般煮成饭粥食用。也可以把种子磨碎后充当面粉，制成各种糕饼，食用起来别有一番风味。那个荒年，她就是生命的粮食。朗朗乾坤，真正需要自我救赎的不是动物们，而是食草又食肉的人类自身。

在我的村庄，日子过得很快
一群鸟刚飞走
另一群又飞来
风告诉头巾：
夏天就要来了。

夏天就要来了。晌午
两只鹌鹑追逐着
钻入草窠
看麦娘草在田头
守望五月孕穗的小麦
如果有谁停下来看看这些
那就是对我的疼爱

（蓝蓝《在我的村庄》节选）

谁会怜爱看麦娘？人类给她起了个隽永的名字——看麦娘，附加半句，“杂草的一种”。杂草，是卑微的代名词，是相对于庄稼而言的弃儿，是人见人讨厌的植物，对人类有百害而无一利的那种。翻过青黄的史册，回溯过去，我们看到人类已经迷失了自己。荒芜的大地，恰似深褐色的伤口，漫野的疼痛正撕裂着麻木的人们。

我对这株植物的理解保持着混沌的状态。我愿意以这么模糊的视角对待看麦娘，呼喊一声她的名字，就仿佛在呼喊麦子的名字，也在呼喊娘的名字。两者在我看来，一是养我者，一是生我者，都是生命中息息相关的亲人。

有人说过，大地上的每一株草，都是一个灵魂，都是人类在世间的倒影。你看，每一个逝者的坟头，都长满了碧绿的青草。这话我信，人不就是一株会走动的植物吗？世间的娘，都是一株会走动的麦穗，结着硕大的果实，滋养着他人的人生。

每念及乡下的娘，总有种负罪感和愧疚感。她是大地上最卑微的看麦娘。乡下的娘与看麦娘一般，不择地方，不择人生，她的生活就是保持鲜活，呵护身旁的子女。她把自己栽种成一棵野草，汲取大地的养分，搬运给村庄。她把自己养成两只硕大的乳房，滋养生命。她有时还必须是一棵树，能遮风挡雨，伟岸、坚强，浓阴蔽日。她的人生搏斗场，就是脚下的大地、辽阔的原野。从泥土里站立起来，继续在泥土上劳作，直到把脊梁累弯了，弯到泥土深处，就再也不弯了，与泥土一起继续孕育。

她没有水分的滋润，因为所有的水分都汇成了河流；她没有文字，因为所有的文字都写成了大地的诗篇；她没有故事，因为所有的孩子都是她最好的传说。她有厚厚的茧子，那是岁月汇聚的伤疤；她有年轻的皱纹，那是早逝青春的烙印；她身无长物，所有的一切都给了孩子。

我乡下的娘，就是一棵千年沉默的古树，保持浓郁的阴凉，保持生命的蓬勃，保持经久劳作的姿势，行走在时间的旷野上，没有声响，没有言语。春去春回，花开花落。树上的蝴蝶之美无暇观赏，树下成对的鸟儿无法凝视，就连从树旁流淌过的雨水，也无从谛听其生命的欢畅。保持碧绿，保持劳作，直到水瘦山寒，黄叶落尽，直到有一天，在一声轰隆之后，庞大而又弱小的身躯轰然倒地，灰飞烟灭。

旷野上每一株看麦娘，都是我们的娘。这种母性的植物，用卑贱的方式，诠释世界的灿烂与深沉。落红不是无情物，正是有了这些看麦娘，有了这些乡下的娘，才有了丰盈的秋野，才有了多姿多彩的生活。我们呵，不正是娘眼里的一头麦穗？我们逐渐长大，娘逐渐老去。

看麦娘，看麦娘！眼前浮现出那小巧玲珑的模样，在初春的田地里密集生长。

慈姑

芦苇

婆婆丁

刺儿菜

婆婆纳

灯笼草

问荆

益母草

车前草

灰灰菜

苘麻

苍耳

看麦娘

艾草

飞蓬

白茅

艾草
庇佑民间的菩萨

我越来越想念昔日的草们。

行走在钢筋水泥的人行道上，内心总有荒芜之感、苍凉之感和迷惘之感。失重、慌乱与困顿，成为核心的词语。而靠近大地，靠近大地上生长的草们，寻觅、倾听甚至膜拜这些卑微的草，会使我获得难得的安静与沉稳。在大地之上，在尘嚣之外，艾，正升腾着一股股隐秘的白烟。

艾草，这根植于大地的草族，是那么普通与深邃，那么肤浅与凝重。说她普通，是因为在大多数光阴里，艾草活在人们的视线之外，饮食之外。红绿的人生、多味的生活以及物欲横流的当下，谁会关注卑微者？仰慕与攀附权贵，成为在尘世生活自如的方式。说她深邃的情况则不多，在夜雨敲窗或者残阳枯坐的境遇里，开始回味从一棵草生长为一个人的命运故事。艾草，就长在我们生命必经的路旁。怀念与回忆，证明我们至少还保留着一丝昨日艾草的气息。在炎凉之外，多了一丝别样的暖意。

的确，走近艾草，你定会发现一个似乎充满凉意的秘密。艾草有多个名字，如艾、医草、艾蓬、香艾、灸草、黄草、艾蒿等，每一个名字，似乎都深藏着艾草自身的秘密。如香是艾草的特质，药是艾草的内心，灸是生命的坦白等等。这些都不难理解与解读。难以诠释的名字是“冰台”。我以为，如果艾草起个名字叫什么绿台、绿衣等，似乎很妥当。你想，那厚厚的绿叶，布满丝绸的绒毛，还有密布的叶绿素，在大地上三五成群，郁郁葱葱，蓬蓬勃勃，这不是绿色的平台，不是人间难得的绿衣，覆盖大地温暖大地吗？或许遮住的还有大地上民间的卑微者。在民间，艾草与农人最近，与每一个跟泥土亲近的人最近。然而艾草却有个费人神思的名字：冰台。

查阅资料，在《博物志》中居然找到这样一段文字：

“削冰令圆，举而向日，以艾承其影则得火。……则艾名冰台。”意指将冰块做成凸镜，于日光下聚光取火，艾置其下，故艾名“冰台”。医家用其灸百病，故又曰“灸草”。原来，这艾草，不是寒冷的放纵者，不是炎凉的收容者，恰恰相反，她是阳光的收集者，采撷温暖，照彻民间。她用碧绿的汁液，用活着的责任，把血液凝结成一片片巴掌大的绿叶，在寂寥无人的旷野，用寂寞与孤独，用纯净与素简，朝着阳光敞开内心的世界。她是一面冷暖的镜子啊！左边是阳光的温暖，右边是民间的寒意。

心事深锁的艾草，透明如镜的艾草，这冰台里，屹立着民间对你的敬意与敬畏。

这是让人心生温暖的草，因为她与太阳很近，与人类的呼吸很近。印象中，乡间的人家，那些懂得古意的农人总会在自己菜园的一角栽上几株艾草。诚然，在田园之外，在荒野之地，无数艾草在无人关注与问候中落寞地生长，抽枝整叶，繁荣枯黄，直至在一场大雪中消失。当然，也有意外的时候。健忘的农人总是大有人在。这时，需要艾草的时候，他们总会翻山越岭地寻找。

艾草，似乎是匍匐在大地上的人们活着的依靠。生命的行走不只需要温暖，还得有支撑肉体行走的支柱。艾草在民间，总是起到一个全方位呵护与守卫的战士的作用。

农历五月，再忙，母亲也总要从菜园里刈割些艾草、菖蒲，采些杂草的嫩叶，置于铁锅中，浇上井水，在柴火的燃烧里，逼出绿色或者褐色的汁液。然后，母亲挨个给我姐姐们和我洗澡，褐色裹挟着绿意从头浇下，流过脊背、腿，一直到脚跟，河流般缠绕全身，那温润夹杂着青草的气息浸润着我。近距离地与这些植物聚在一起，我感受到了零距离的清凉，似乎浑身的汗毛都张开了呼吸的空隙，洗吧，吸吧，洗净我们身上的尘埃、荒芜与污垢，洗净我们身体内的杂质、喧嚣与肮脏，洗出一个青枝绿叶的我吧。

我感佩母亲的举动。我问母亲："这是什么啊？"母亲很抒情地答道："是艾（爱）啊！"那悠长的声音里，包含着万千疼爱。五月洗澡，这是别有意味的仪式，充满着母亲的祝愿与祈祷。据说，在这期间，凡间万千病虫祸害齐聚乡间，诸如蜈蚣、蚊蚋、园蛾、毒气、瘟疫等等，农人对抗它们的古老的方式，就是用艾草。农人生于尘土，尘土的事情他们只能依靠尘土来应付。这些大地上生长的艾草，则是他们生活或者内心的依靠。除此以外，他们还能依靠什么呢？露水？空气？还是变幻莫测的天气？靠老天吃饭的农人们，与这些靠天气生长的草同病相怜，生死相依。

艾草药性神奇的说法也不是无中生有。有人说，大地是病，大地是药！中医之道，艾草占半边天。柔弱清香的艾草，是植物界的“医女”。再没有草能像艾草这样，被我们的先民尊称为“医草”。针灸的灸，就有艾草的身影。千百年来，针灸是中医极为重要的治疗手段，而艾草，就是针灸术中“灸”的材料——用艾草的干叶制成艾绒条，点燃之后去熏、烫穴位。柔软的艾绒，易燃而不起火焰，香气随烟而起，热气随经脉在身体里血液中奔流。一支小小的灸，在看不见的温热中，把升腾的能量灌输至经脉，直达病灶。《本草从新》中说：“以之灸火，能透诸经而除百病。”

灸制作起来是有讲究的。一般选在艾草叶盛花未开时采收。采收时将艾叶摘下或连枝割下，晒干或阴干后，置于石臼或其他器械中，反复研捣，使之细碎如棉絮状。筛去灰尘、粗梗及杂质，留下的柔软纯艾纤维，即成柔软如棉的艾绒。其中色淡灰黄、干燥易燃者为佳。《孟子·离娄》中说："七年之病求三年之艾。"三年之艾就是陈艾。陈艾的优点是含挥发油少，燃烧缓慢，火力温和，燃着后烟少，艾灰不易脱落；而新艾则没有这些优点，新艾气味辛烈，含挥发油多，燃烧快，火力强，燃着后烟大，艾灰易脱落，容易伤及皮肤和血脉等等。

为艾感慨。没有哪一种草能沿着人类的身体，一步步走近，走进血肉，走进经脉，直到深入骨髓……

在乡间，走上神坛的植物不多。我见过一些原先朴素的植物，在日子的洼地里，上升到充满神性与神秘性的高度。如柳树枝，一旦在某个特定的日子扦插于坟墓之侧，敬畏就油然而生，载着魂魄与沉重的怀念，那柳枝瞬间在人类面前高大起来。轻触一下，都唯恐惊动那沉睡的灵魂。还有那枯萎的艾草，平日里就是农家土灶台里的柴火。一旦与清明对接起来，那枯黄的禾草则立马成为逝者世界的金条。真不知道地下世界的人们如何识别黄金玉器。

艾草，同样充满神秘的隐语。那碧绿的枝叶，散发着香气，趁着农历端午的日子，一举从匍匐的旷野跃升至乡间的门楣，而且雷打不动。不只母亲这么做，其他农人亦然。端午插艾，已经成为千百年来不变的符号与象征。人们把插艾和菖蒲作为端午节的重要内容之一。家家都洒扫庭除，以菖蒲、艾条插于门楣，悬于堂中。用菖蒲、艾叶、榴花、蒜头、龙船花制成人形或虎形，称为艾人、艾虎；制成花环、佩饰，美丽芬芳，妇人争相佩戴，用以驱瘴。

起先我以为这是农人对屈原的怀念。“扈江离与辟芷兮，纫秋兰以为佩。”当年，艾草和屈原一起被流放。“芳与泽其杂糅兮，唯昭质其犹未亏。”诗人与艾草惺惺相惜。“制芰荷以为衣兮，集芙蓉以为裳。”诗人与艾草一样，在浑浊的世道中保持着高洁的情操，非凡脱俗。然而一生在泥土中摔打的农人，与庄稼、牲畜还有天气纠缠的农人，他们每天琢磨的不是诗句，而是手中的碗与身上的命。

就是农人，这些匍匐于大地的农人，把艾草捧得高高的。是艾草的香气给了他们日子的芬芳，还是艾灸熏热着他们病痛的神经？是艾草的纯洁洗净身上的泥土，还是艾草的碧绿带来生命的图腾——抵挡民间五毒，祈祷吉祥降临？我不知道，生命之火岂是一支艾草所能承载的？沉重的日子，谁又是大地上农人的最后一根稻草？

我见过母亲在瘟疫来临时的无奈、无助与惶恐，我们全家不分昼夜在野湖中煎熬，直到瘟疫退去。我也见过乡间的农人在天灾人祸面前痛哭无言的样子，还有面对疾病与死亡时候无法言说的创伤。他们最多的言语只有那句经典的台词：老天啊，救救我们吧！漫天风雨，天还是那个天，或阳光普照或大雨滂沱，恣意汪洋，沧海桑田。抓住一根救命的稻草，明明知道艾草连稻草也比不上，他们依旧要伸出无助的手臂。乡间苍茫的大地上，他们又能抓住什么呢？至少，他们找到了托付生命的方舟，找到了活下去的信心与理由。

看着执着的母亲，以及门楣上的艾草，由绿转黄到落满尘埃，叶子凋落了，枝干仍牢牢地坚持着，谁又能说些什么呢？谁的心里不空余着一个位子，栖息幻想与拯救？

这是百毒泛滥万恶横行的季节

看不见的威胁，无处不在，防不胜防

…………

据说艾蒿浓郁的苦味

能逼退所有入侵的妖魔鬼怪
我们必须采几根艾蒿
插在窗棂上、门楣上……

天可怜见！能够保护我们的
竟然是艾蒿的苦味……

（刘家魁《采艾蒿的人》节选）

原来，支撑着乡间以及农人，还有那迷信的母亲的，居然是这般苦味浓郁的艾草！回顾我们的一生，从头到脚，我们用艾草洗澡，我们用艾绒治病，我们用艾草充饥，我们用艾草守卫门楣，我们用艾草抵挡世间的妖魔鬼怪……我们与艾草，艾草与我们，从生到死，从肉体到精神，活到尽头，我们就是一株株充满野性的艾草，咀嚼那无尽苦涩的人生况味。

我们渴求这植物般的生活，如艾草一样碧绿地簇拥着，鲜嫩着，坚守生长，远离烟火、喧哗还有那功利浮华，以最本真的姿态恣意舒展，在阡陌之间，自在洒脱。可惜艾草非人，她哪里知晓人之艰难？艾草可以简朴可以与世无争，而人却要背负责任、爱……

这是艾草的苦味所不能比拟的，也是艾草所不能承载的。但我们必须保持艾草的苦味，如此才会测出日子的深浅与轻重，才会用拙朴与清淡去除浮世绚烂的虚华，让心灵回归简淡素净。

由艾草，我想起俄罗斯女诗人茨维塔耶娃，她在选择自尽前的文字中写道，别人都以为我很勇敢，其实我知道，没有谁比我更胆怯。我什么都怕，怕异样的眼，怕黑暗，怕脚步声，而最怕的，还是自己孤独的灵魂。在苦涩与孤独的灵魂之间，孰轻孰重？我想如果我们的苦能挡住寒冬，挡住那有形或者无形的疼痛与凄凉，至少我们在生命落幕时，会感悟到来自心灵深处的芬芳。

这苦涩，注定要咀嚼到最后。

飞蓬

身不由己的旅行者

我在键盘上敲下“飞蓬”，这是一种下意识动作，或者是隐秘的私人行为。在庞大的植物家族中，这一常见的卑微素朴的野草，只能蜷缩在屋檐下或者阡陌上，或者寂寥无人的旷野中。与庄稼很远，与村庄很远。唯一能靠近的就是自然风雨、雷电和无私的阳光，最终会在镰刀、犁铧或者一次意外的火光中，迎接不可拒绝的涅槃或者失踪的宿命。

我自己也解释不清楚这样无厘头的行为。颠沛流离的生活，使我始终处于一种失重的状态，恍惚、恐惧还有更多的惘然。这个原本原生态的世界，在逐渐科技化、电子化、精致化，在越来越迅猛地远离旷野、村庄和人们。粗犷与荒凉则是它昔日的面庞。在五棵松的那段光阴里，我总是不由自主地强迫自己到野外走走。一个人在空旷的大地上，脚踩着野草，在月光下漫步，没有方向和目的地行走。有一种欲望在内心扑腾，脱下带着体温的鞋子、袜子，光脚靠近这些匍匐生长的草。甚至还有一个声音在呼喊，如果可以，你就赤身裸体地躺在大地的怀抱里，与泥土亲吻，与节节草、飞蓬、米口袋等亲吻。我不知道自己为什么会有这样的念头，一度怀疑自己神经正常与否，也许我该看看神经科医生。但是我每次从田野里回来，总是神清气爽。也许久居樊篱的人，确乎需要一场远离尘嚣的洗礼，洗去多余的脂肪、浮尘欲望和风云往事。

我甚至有点无聊地注视着“飞蓬”这样的野草。一种草，从名字上看似乎就有了宿命的暗示与谶语。单看“蓬”字，草本植物的胎记成为头上悬挂的镰刀，随时为那从草丛深处蹿出来的屠杀准备着。这种命运是注定的，草菅人命、草民、草根等。下面是一个“逢”字。在哪里相遇？风中、雨中，还是在颠沛流离中？这样的相遇恰似一种悲剧的再见。辗转的命运，草样的人生，见与不见，一样的凄凉。如果我们再把“飞”字一起拉上，这种卑贱的野草，就增添了意外的辗转和多舛的命运。本身就无法左右的命运，要在坎坷的路途和不确定的追逐中飞翔，远方更加迷惘与无奈。

“飞蓬”，在中国古典语境里，总是与离别、流离、辗转、白头、愁病、疾苦等词语排在一起。如果我们再稍微翻阅下资料，就会发现，飞蓬从一出现，就有了宿命的沧桑。“蓬”字，最初是形容一个行容枯槁的女子的头发，时间与思念的重力，早就扯下了女子的细腻容颜，望断南飞雁的牵挂久已深入骨髓，只是苦了憔悴的飞蓬，在旷野的秋风中，扬起纷飞的愁绪。

认识一件事物，揭开真相，或者发现自我，其间要经历多少百折千回？对于飞蓬，我有着一种天生的亲切与熟稔，在旷野里看到一次，总要忧伤地凝视上一番。对于草类，我总会无端地凝视上一阵，这也许是因为我与野草同病相怜或者出生地相同吧。青春的目光总是向上，向上的是远方，是闲云，是消失的雁鸣。我记不清楚从什么时候开始，我的目光开始贴着地面，贴着大地上的草，甚至匍匐着。历经生活的辗转与漂泊，我发现贴着大地行走，是我们安稳地活着与行走的方式。与草类对视，已经渐渐深入我的生活，成为我活着的一个课题。诸如车前草、透骨草、白茅以及灰灰菜等，一切贴着大地的青草，都似乎带着我的血液，在寂寞无人地生长。当然，这对视中的草类也包括飞蓬。一切自然的植物，似乎天生就有着与人吻合的命运八字。就拿飞蓬来说，我当初接触到飞蓬，她的气息让我有种眩晕和沉醉感。她那从泥土中钻出绿叶到花开，到随根纷飞，在粗犷中呈现的孤傲，那时候使我看到了大地的辽阔与万物的渺小。

与飞蓬待得久了，恍惚中就会成为其中的一员，有着飞蓬的心思和背影。于是，属于旷野飞蓬的野性与荒凉，贴着地面蔓延过来。蔓延过来的还有繁华、喧嚣、热烈和竞争，世界的宁静瞬间被破坏了，一个物欲横流人声鼎沸的时代降临。一种忍不住的颠沛流离之感席卷过来，莫名的伤感也涌上心头。飞蓬的飞，飞的蓬，这何尝不是一种流浪的隐语？大地就是她们永恒的故乡，焉能离开地面生长？也许她们等待的是生命的下一个路口。

让我不能自已的是飞蓬最后的绝舞。我看到了飞蓬在秋风中那种生死随风的飞行，完全是一种置之死地而后生的悲壮。我见过蒲公英的飞行，那些成熟的种子，在风中挣脱母亲的怀抱，随风飘散，四下寻找落生的地址。那些流浪的孩子，似乎一时间还找不到忧伤或者悲愁，那轻盈地展翅高飞，似乎等待的是梦幻的远方。她们知道，无论飞到海角还是天涯，母亲总在原地，她们内心总有一个故乡可以回去。而飞蓬呢？谁能想到她生命的延续，竟然是摧枯拉朽，是斩草除根的重生？秋风卷来，这些原本紧贴着大地的生灵们，折断根，擎着自己精心孕育的生命，随风飞逝。所有的家园都不再是故乡，所有的停息处都是异乡。从此，家就生长在这辗转的漂与泊里。岸在哪里？谁也不知道何处才是她们栖息求生的地址。

飞蓬，是我一直以来无法逃避的植物。在她纷飞的镜像中，我看到了飞蓬与我宿命的身影。多年后，我也正如折根纷飞的飞蓬般，彷徨与踟蹰在北方。命运何其相似！“悟此长太息，我生如飞蓬。”我们都是破釜沉舟，我们都是背水一战，我们都没有了故乡，走到哪里，哪里就是家。

我曾独行于雾霾密布的北方，在看不到微光的陌生城市里，生命和渴望无数次地被人群和大厦森林般阻隔。面对水泥浇筑的城市，面对人海茫茫的迷惘，世界以极其繁复、冷漠的面貌与我并肩同行。那时候，唯一能稍慰我心的就是从头顶倾泻下来的月光，还有彻夜不停的汽笛声。那飞蓬般的漂泊回到我命里的旷野。我不知道我在追逐什么，但我知道我的灵魂正在风中四下弥散。

回到地面，我不得保持一种重新打量和审视大地的姿势。从自然界到人世间，我们是否可以这样理解：大地上的植物正是人在泥土中的倒影？生命不能承受之轻。飞蓬暗藏着一种法则，一个合理、健康、有序、大美的定数。而人类却正在逐渐地远离和毁坏这种野性，炫耀狡狯，蔑视自然。

我不知道是人类在远离自然，还是自然正远离我们。自然界，已经成为我们的欲望之地，我们对自然的定义，就是释放我们欲望的空间。不论动物、植物，我们给予的就是一个字：吃。姑且不说那些与人类为邻的牛羊，与我们一起在大地上劳作、生存。没有力气的时候，牛就冲在前面，种田秋收；没有奶时，羊就从青草中挤出白花花的奶汁，喂养我们。就说这些紧贴着地面野生野长的草，在空气、阳光和露水中自生自灭，一年四季守候着人们。到了青黄不接的时分，就奋不顾身地走上灶台，成为碗中之物，喂饱村庄饥饿的胃。

我最早在《诗经》中发现了飞蓬："自伯之东，首如飞蓬。"当然，还有其他的野草家族。就是说，几千年前飞蓬们就走进了诗走进了我们的内心，与我们一起呼吸、歌唱、生长。多少文人墨客把飞蓬们视作生自体肤的头发，还有人将其视作流浪的命运："转蓬离本根，飘飖随长风。"（曹植《杂诗》）我无法猜测大地上的这些野草在古代的境遇，至少我们在流传的诗文中，看见她走过诗卷与史册，命运枯荣，关乎心灵。然而当下，在关于野草的字典上，赫然写着一个字：吃。在植物、动物间作生死轮回地吃，饱口福，饱肉欲之身。

如果你是中医，对中草药稍作观察，就会惊奇地发现，原来生长在大地上的草们，每一种都是一味良药，对应着人类身体的一部分。从脚到腿，从皮肤到肌肉到筋骨，直到心脏和头颅，她们甚至还负责人类的繁衍和心理疾病，无所不至。飞蓬，为菊科植物，为越年生或一年生草本植物，具有清热利湿、散瘀消肿的功效；车前草，治痰热咳嗽、高血压病、肾炎、小便短赤不利者及痛风性关节炎；益母草，一年或两年生草本植物，夏季开花，嫩茎叶含有蛋白质、碳水化合物等多种营养成分，性味苦凉，具有活血、去瘀、调经、消水的功效……

到底是什么遮蔽了眼睛，还是我们早已忘却了来时的路？我记得童年时我身体孱弱，老是生病，万般无奈下的母亲实在没钱送我去医院，就按照民间的土方，从野地里薅些草来，熬汤喂我，我竟然出奇地痊愈了。有人说，当下人生各种怪病，都是吃出来的。什么苏丹红、瘦肉精、膨大剂等等，是科技时代过度发展带来的副作用。科技何罪之有？发展有何错？倒不如说是人类的欲望之罪。贪婪的欲望已经到了无以复加的地步，吃光了动物，吃植物，吃完了天上飞的，再吃水里游的，甚至吃到了人自身。“欲”是人之本性的一种，而“贪欲”却是人类一切祸患的总根源。严重的是，我们把欲望不可遏制地伸到了自然深处。人与自然的关系已经到了即将崩溃的边缘。

印第安人说，你对自然破坏多少，自然都会加倍地返还给你。

我想我们再也回不到《诗经》的时代了，包括自然。再也不会有“蒹葭苍苍，白露为霜”。荒凉已经成为时代深处的本质。人类已经丧失了来时的处所，丧失了内心的要求。赫贝尔说："无论我们是否愿意承认，我们都是些植物，我们这些植物必须扎根于天空和大地，以便向上生长，在天空中开花结果。"失去了自然，我们在大地上还会待多久呢？

有人说现代人是贫困的。窃以为是。

那年夏天的尾声，接近秋天的关口，我结束了北方的漂泊生活。人是念旧的，归鸟恋旧林。我最终还是回到了江南。在我与飞蓬之间，我看到人类逐渐萎缩与蜕变。飞蓬可以遇土成活，而我在京城的大半年生活中，面对的是熙攘的人流和摩天的大厦，还有无法克服的恐慌和恍惚的游离。人是具有自然属性和社会属性的，但在自然属性上，人远不如一棵植物有韧性。飞蓬可以遇土成活，随遇而安，我却无法做到。

漂泊的人是身揣梦想的人。我不否认我有梦想。多年后我似乎才明白，梦想的底面是生活以及其中的意义。脱离生活失去大地的梦想都是不切合实际的，失去了人生的远游意义。人，诗意地栖居在大地上。是的，设想早晨醒来，我们处于野外的天地，看着气流从眼前流走，鸟类在身边鸣叫，还可以闻到早开的花香。如果你能静下心来，你还会从大地的深处，听到万物生长的声音。一切都充满生命的美好与静谧。这难道不是生活的本来面目吗？

美国自然文学大师亨利·贝斯顿在《芳草与大地》中说："只有当我们意识到大地及其诗意时，我们才堪称真正地生活着。"也许只有和大地接通的生活，才是真正意义上的生活。飞蓬，是的。这就是植物中的野草的生存状态，自生自灭、卑微渺小的她们给予了我们生活乃至人生的意义。

现在，我就在飞蓬的身边，有一种惶恐不安的惊悸，感受到了来自羸弱心灵的战栗。面对着浑身野气、土头土脑的飞蓬，我看到了真实的生活或者世间永恒存在的真相。俗世的繁华、摩天的大厦、夜晚的扑朔迷离和远方的山水，都会在尘世中裸露出铅华。贴着大地，无论我们存在还是消失，终究要找到皈依的意义。

白茅

被遮蔽的铿锵燃烧

“木叶一直在燃烧，在暗淡的背景中烧得那么耀眼，看着甚至有刺痛感。”伟大的牧神普里什文在内心的城堡里写下无法熄灭的诗行。木叶，没有树在场的时刻，做一盏灯的角色。远方，燃烧彻夜不息。我听到了白茅在野火的疯狂肆虐里，发出骨骼被噬咬的疼痛的声响。

白茅，为多年生草本植物，生有线形锯齿状的柔软叶子，边缘有锋棱，形状如矛。这大概就是白茅的来历吧，也有人称白茅为白茅草、地筋等。白茅开花，白色羽状花瓣，“白花茸茸然，至秋而枯”。这就是她经典的草根形象，贴着大地、贴着村庄，和农人一样素朴、野性。我见过白茅开花，她的孕育，就像女性十月怀胎一朝分娩，充满生命的质感，每一个鼓膨膨的茅芽里，都孕育着一撮奶白色的棉绒似的茅花。阳光一照，花穗就吐出来了，像棉花一样，一种发自生命的温暖弥漫着。可是这钻石般宝贵的温暖，承载在一棵风中随时可能倒伏、性命随时可能终止的野草身上，这不能不令人沮丧与绝望。茅花的最终，还是要面对虚无。生命本身是否就充满巨大的虚无？我在一则资料上看到，白茅又称完美杂草，被认为是世界上最恶毒的十种杂草之一，罪证就是她会侵占土地和森林，毁坏农作物，破坏本土植物，颠覆生态系统，并且很难被杀死。就是这样五毒俱全的野草，居然在大地上生长着，号称完美杂草。《诗经·召南·野有死麕》曰："野有死麕，白茅包之。有女怀春，吉士诱之。"这卑贱至极的茅草，竟然是爱情的见证，男欢女爱，美好在那柔软与纯洁的情愫之中。《邶风·静女》里写道："自牧归荑，洵美且异。匪女之为美，美人之贻。"古人还用赠送白茅的方式，在至真至纯的爱情画册上来表达爱意。

茅草，是卑微里的高贵。萨特说，存在就是合理的。是的，白茅，就是存在于萨特的哲学世界里。你看，她喜阳耐旱，生于路旁、山坡、草地等再平常不过的地方，分明就是大地的野孩子，难登大雅之堂，天生就卑微。她的形象也颇令人担忧：茎叶细弱，遇风就倒。可是谁能被她外表的柔弱所迷惑？卑微里居然暗藏着祸患和风险。她只要一倒地就立马变得刚强，每节草茎都能长出根须。无论多么干硬的土地，她都能将根深扎进去。这就是她又叫“地筋”这个名字的原因。柔软无力却暗藏着铮铮铁骨。倒伏，是为了更好地生长。我们该为她的生命讴歌，还是鄙夷她深藏的城府？一棵小草都暗藏着机锋与隐秘，那么，那些口蜜腹剑、明枪暗箭之类的词语指向人类自身，也已经不足为怪了。

这个白茅的筋骨，锄头是知道的。锄草时，锄头口总是能感触到根须与铁器纠缠剥离的啪啪声，她那紧抓土块的根茎犹如混凝土中的钢筋，将锄头磕碰得间或发出刺耳的声响。这种抵抗使得我们看到了锄头的脆弱。每次锄草后，父亲总要在磨刀石上，把锄头细细地磨砺一番，因为那口明显地钝了，甚至卷折。可气的是，被锄上来的茅草根，置于马路上，居然可以起死回生。一场雨后，你再看，白茅已经又吐出尖尖的芽。虽然一部分茎似乎还是那么枯黄，可就在这枯黄的保护色里，根系已经悄悄地扎下。

多么善于伪装的野草！更大的伪装还在于她的名字。名字中的“白”，并不是指她那白皙的皮肤，而是指她经霜后的色泽。白茅一旦进入秋天，就开始枯黄。只有经霜后的茅草容颜才会惨淡寡白，间或还有一些黄色、黑色斑点。我猜测这是白茅生命最后的样子。冬天的白茅，在大地上颓废、坍塌，不堪一击，就那么横七竖八地倒下，杂乱无章，完全没有了那股坚强与挺拔，全然没有了春夏之间的磅礴气势，这也不禁让人感受到轮回的力量，任谁也无法抗拒。可是，如果我们因白茅这样伪装的可怜状而悲悯她，那就错了。春天一到，你看她又滋滋地从地里冒出来，箭镞般钻出坚硬的地面，绿得比谁都凶，都狠。更加怪异的是，无论白茅如何繁盛、碧绿，始终没有一种动物愿意亲近她，在大地上她是孤独的，是无人问津的。是她的味道苦涩，还是其内部的坚硬难以消化？白茅唯一的伙伴就是她的天生死敌——火。火对于她来说，是纪念碑，也是墓志铭。

燃烧，这是我解读茅草的一种路径或者通道，也只有从燃烧中才能走进白茅的世界。烧火，茅草是上上之选。农人说，与其他野草相比，茅草个高，生长密集，受烧，火力旺。因此，长年里，茅草们无法等到风扫落叶的时分，总是在生命的半路上就夭折于农人手上，在青涩里被点燃。当茅草在升腾的火焰中时，她发出呼啸般的声响。

人类与草类的关系，按照庄子所示，确乎是天人合一的关系。茅草，纵然在动物的目光之外，也总是要和人类产生各种各样的联系。猪马牛羊们拒绝茅草，但人类没有拒绝。在大地的野草铺上，人类又拒绝过多少野草的献身？在乡村的生存册页上，这些草，是神明，始终靠近和庇佑着民间的日月。生，如此卑微；死，却铿锵、贞烈。

沿着饥馑的岁月小径，我们抵达了狭长河岸的茅草地。这是一片无人问津、自生自灭的生命地带。茅草们吮吸着日月风云、阳光雨露的精华，钻破冻土发芽，抽叶，甚至会在无人的时分，像春蚕般，冲出层层绿叶的包裹，从大地深处吐出奶汁般的白色花絮，柔软、鲜嫩，闪耀着生命的润泽。鲜嫩的白茅，取名为“荑”，就是我们童年时候常趴在河岸上寻找的所谓茅缨，可以食用。自古美人玉手便被称为“柔荑”，这应该是取其又白又嫩之意吧，好一个“手如柔荑，肤如凝脂”的女子。刚长出的茅缨又嫩又甜，剥去裹在外面的叶子，送入口中，肉质的茅缨带着清凉滑入胃部。“荑”，在乡村里是地地道道的家常菜。物质匮乏的时代，茅草就是我们春天的守望，而茅草的河岸，是我们乐此不疲的天然超市。实际上大人们也不例外，也曾与我们一起趴在河岸边的草地上享受春天的美味。

当然，更多的时刻，他们在深秋的河岸上，用一把镰刀，把这些白茅刈割回家，围拢成生活的草垛，看护炊烟。我也曾于冬季的黄昏，在瑟瑟的秋风里点燃一陌茅草。一根小小的火柴，使火一下子就蜿蜒了整条阡陌。在瞬间腾起的火光和温暖中，一股慌张与凌乱的温度席卷过来，炽热的火焰、超高的温暖，疼痛、死亡还有苍凉涌了过来。燃烧的火光里，惶恐不安，似乎有什么物什正离我而去，而我却不知道她是什么。燃烧后的阡陌，一条黑色的田畴，成为大地的罅隙。低垂的天幕下，白茅燃烧后的灰烬在风中四下翻飞。世间的事与物总是那么玄乎，白茅居然和唐朝那个叫杜甫的诗人纠缠不清。在成都，我特地拜谒了那座草堂。原来诗人屋顶上的茅草，居然就是岸边生长的白茅。“卷我屋上三重茅”，这茅草居然还有庇佑天下寒士的温暖。难怪，在诗人写下“朱门酒肉臭，路有冻死骨”的诗句后，我看到了诗人那闪现的茅草般消瘦的身影，瘦弱里隐匿着铁骨。那秋风里的诗句至今还在燃烧，还在温暖着茅屋里写着瘦冷诗句的现代寒士们。

这就是在大地上生生死死的白茅！拔高的背影，似乎是一支战栗的狼毫，在时间的稿子上记录着村庄的命运简史。每一株白茅，都在缄默中记录着一个人的生死，并将之消融在经年的风霜里，由枯萎到重生，从重生到葳蕤，生死轮回。

我们在《诗经》中惊喜地发现，大地上不少卑贱的植物都出自其中，甚至有些卑微的野草，在今天看似乎已经到了销声匿迹的地步，在《诗经》中却鲜活过。古人对植物的尊重与理解，与我们似乎截然不同，是野草长矮了还是我们现在的人拔高了？想千年的古人，与禽兽为伴，与植物同行，朝夕相随，贴地生活。一切物事人情，都在枝枝叶叶花花朵朵的灯盏里，找到光芒与自我的镜像，看到离别，悟到生死。不能想象的是，《诗经》，一块关乎草木的化石或一部墓志铭，在前世里，早已把草木举到了爱情、祭祀和生命的高度，万千姣好，都在那风流的草丛里。

可谁又能小瞧这一根茅草呢？据历史记载，公元前656年，古老中国大地上即将爆发一场大规模的南北战争。以齐国为首的军队，居然为了茅草，大动干戈，讨伐楚国。发兵的理由是，楚国使坏，暗中限制出售自己国家的特产物资茅草，造成资源短缺，影响了“联合国”的祭神仪式，弄得周朝每次举行祭神大典，都没法过滤酒水（尔贡包茅不入，王祭不共，无以缩酒），威信一落千丈。今率大军前来，就是要向楚国讨回白茅，讨回公道，以让周朝能够顺利地举行祭神仪式。管仲的这番话让楚国蒙了，这不太雷人了吗？不就是为了一根茅草吗？这么兴师动众犯得着吗？不管这场战争打起来没有，也不管这是不是给楚国安一个莫须有的罪名，总之，这场战事让白茅身价百倍。

一种草一旦上升到祭祀或宗教的位置，就有了纪念碑的高度。原来，在古代，这普通的茅草，却是圣洁的化身，据说可以抵达神灵。周朝王室祭祀神灵，必须要在祭台前置一束茅草，随后在上面浇酒，酒慢慢地沿着叶子渗透、淋下，然后洒落到地上或者神坛上，这就是古代祭祀时所谓的“缩酒”。这一仪式，在虔诚者看来，意味着神明或者天地先人已经喝下了自己祭献的美酒，并聆听到了他的祈祷与心愿。茅草，和我们先人的生活休戚相关。《山海经》提到白茅草，说用白茅草来做神的坐席、神龛。典籍里讲白茅草被人们用来随葬，还用来盖屋，谓之白屋。贾岛的诗中有“白茅草苫重重密，爱此秋天夜雨淙”这类诗句。

茅草与我们的先民曾结下不解之缘，他们用茅根熬茶，预防和治疗疾病，用茅叶搭建栖身的草庐。不仅如此，我们的先民还把茅草写进世界上最古老的经书里。“拔茅茹，以其汇。贞吉，亨”，出自《周易·否卦》初六爻辞。古人通过茅根的变化洞察自然界阴阳二气的消长规律，暗喻君子与小人错综复杂的关系。君子与小人势力处于消长变化之中，在小人当道的环境中，君子应坚守正道，不与小人同流合污。古人认为，白色是自然界最本真的颜色，无须装饰，代表朴素真实之美，能传达人与神、人与人之间的交流。茅穗儿还象征着婚姻的白头偕老。《周易·大过卦》的二爻和五爻，都是借婚姻言事，借婚姻喻理，希望白头偕老。茅草，朴素中蕴藏着诸多的隐语，像地面之下密密麻麻盘根错节的根须，越深入就越会发现她的神秘之处。在这些神秘之处的背后，还藏有诸多不可透悟的神谕。

李时珍在《本草纲目》中写道，茅草根晒干后，夜晚可以发光，根腐烂后会化作萤火。植物肉身消失，竟然化作一处光亮。遗憾的是，当下，植物的灯盏再亮，又能照多远呢？人与茅草，对于生死的诠释中，我们唯有闭上嘴，俯身在茅草覆盖的大地上，摇曳中静待阳光的降临。

图书在版编目（CIP）数据

苍耳：消失或重现/杜怀超著．—北京：中国人民大学出版社，2017.1

ISBN 978-7-300-23432-8

Ⅰ.①苍… Ⅱ.①杜… Ⅲ.①散文集-中国-当代 Ⅳ.①I267

中国版本图书馆 CIP 数据核字（2016）第 228432 号

苍耳：消失或重现

杜怀超　著

Cang'er: Xiaoshi huo Chongxian

出版发行	中国人民大学出版社		
社　址	北京中关村大街 31 号	**邮政编码**	100080
电　话	010-62511242（总编室）		010-62511770（质管部）
	010-82501766（邮购部）		010-62514148（门市部）
	010-62515195（发行公司）		010-62515275（盗版举报）
网　址	http://www.crup.com.cn		
经　销	新华书店		
印　刷	北京联兴盛业印刷股份有限公司		
规　格	130 mm×185 mm　32 开本	**版　次**	2017 年 1 月第 1 版
印　张	8.5 插页 14	**印　次**	2023 年 3 月第 3 次印刷
字　数	128 000	**定　价**	69.90 元